GOLDMANN

W0252186

Weitere Goldmann Taschenbücher zu Filmen
von Steven Spielberg:

George Gipe: Gremlins – Die Außergewöhnlichen (6803)
James Kahn: Goonies (8397)
William Wharton: Dad – Vater (8608)
George Lucas: Krieg der Sterne (3633)
George Lucas/D. F. Glut:
Das Imperium schlägt zurück (3920)
James Kahn: Die Rückkehr der Jedi-Ritter (6639)
James Kahn:
Indiana Jones und der Tempel des Todes (6750)
Rob MacGregor:
Indiana Jones und der letzte Kreuzzug (9678)
Campbell Black:
Jäger des verlorenen Schatzes (6381)

DAVID BISCHOFF

GREMLINS 2

DIE RÜCKKEHR DER KLEINEN MONSTER

Roman zum Film von
Steven Spielberg und Joe Dante

Aus dem Amerikanischen
von W. M. Riegel

Deutsche Erstveröffentlichung

GOLDMANN VERLAG

Titel der Originalausgabe: Gremlins 2 – The New Batch
Originalverlag: Avon Books, New York

Der Goldmann Verlag
ist ein Unternehmen der Verlagsgruppe Bertelsmann

Made in Germany · 10/90 · 2. Auflage
© 1990 by Warner Brothers Inc.
All rights reserved
(Lizenz durch Merchandising München)
© der Originalausgabe 1990 by David Bischoff
© der deutschsprachigen Ausgabe 1990 by
Wilhelm Goldmann Verlag, München
Umschlaggestaltung: Design Team München
Umschlagfoto/Bildteil: Warner Bros. Inc.
Satz: Uhl+Massopust, Aalen
Druck: Presse-Druck Augsburg
Verlagsnummer: 9968
Redaktion: Ursula Walther/SK
Herstellung: Heidrun Nawrot/Voi
ISBN 3-442-09968-4

Dieses Buch ist Fritz Freleng, Chuck Jones und all den wunderbaren Autoren und Animations-Profis bei Warner Brothers gewidmet.

Zum Gedenken an Mel Blanc.

Mein besonderer Dank gilt Mike Finell, Joe Dante und Betty Moos für die hervorragende Zusammenarbeit bei Warner Brothers. Ein Dankeschön auch an Michael Bradley, Elizabeth Martin und Bob Mecoy bei Avon Books.

Und Dank an Mike Cassutt, Tom Monteleone und Kim Newman.

Erstes Kapitel

In der berühmten Chinatown von New York roch es an diesem Abend nicht nach Essen vom offenen Grill oder nach exotischen Gewürzen.

Nein, es roch eher nach Geld.

Jedenfalls empfand es Frank Forster so, als er die Tür der schwarzen Limousine öffnete, die fast halb so lang war wie die ganze Straße. In das mit Plüsch ausgestattete Innere drang sogleich die ganze Lawine blinkender Leuchtreklamen, das Zischen der durch die Pfützen brausenden Taxis und der Geruch nach frischem Fisch auf Eis von den Marktständen unter freiem Himmel.

Richtig: Geld.

Forsters glänzende schwarze Lackschuhe vermieden peinlichst die Berührung mit einem Hundehäufchen und einer Orangenschale. Ganz automatisch fanden sie die unbefleckte Stelle auf dem Gehsteig. Er stieg aus und sog tief die Luft, die für ihn nach Geld roch, in die Lungen. Clamp hatte schon recht, dachte er, während er seinen Lakaien Zeichen gab, sich ein wenig zu beeilen: ein bißchen plötzlich. Wenn das Wichtigste im Immobiliengeschäft »die Lage, die Lage und nochmals die Lage« war, dann waren diese Blocks hier perfekt. Kaum einen Katzensprung von der City und den Staats- und Bundesbehörden, einen knappen Steinwurf von der Wall Street entfernt. Und obendrein war auch noch gleich um die Ecke die Manhattan Bridge, das Tor nach Brooklyn – was mehr konnten Bauprojekt-Investoren sich wünschen?

Er erfaßte das ganze Areal mit einem Blick.

Da waren eine Menge heruntergewirtschafteter Häuser und eine Menge Schilder mit der Aufschrift RÄUMUNGS-

VERKAUF an den schon mit Brettern vernagelten Schaufenstern.

Alles aufgekauft von Mr. Clamp.

Bis auf eines.

Frank stand direkt davor. Das Firmenschild lautete einfach KURIOSITÄTEN. Es hing schon ganz schief. Durch die farbigen Perlenschnüre des Eingangsvorhangs fiel schwaches Licht, ein sehr anheimelnder Geruch von Gemütlichkeit und Pfeifenrauch drang nach draußen. Hier wohnte ein gewisser Mr. Wing, der einzige und letzte, der bisher dem unersättlichen Griff der Firma Clamp, Inc., noch Widerstand leistete.

Genau hierher wollte Frank.

Er schnippte ungeduldig zweimal mit den Fingern, doch seine Männer in den tadellosen Anzügen waren schon eifrig bei der Arbeit. Sie holten einen kleinen Fernsehmonitor und einen Digital-Videorecorder aus dem Kofferraum.

Frank Forster war ein sauertöpfisch aussehender Mann. Kurzer Fassonhaarschnitt, *Brook Brothers*-Busineßanzug (teuerste Qualität), breite signalrote Krawatte. Ein Mann der Tat mit Durchsetzungsvermögen. Ein Managertyp (Klasse A) der Fax-Generation. Bei Frank Forster wurde alles *gestern* erledigt. Genau dies war der Grund, warum er Daniel Clamps rechte Hand war. Konkret gesagt: Er war der Mann fürs Grobe bei *Clamp Industries.*

Sein Gefolge ging die Treppe hinunter. Der Kapo, einst *Linebacker* bei den *Jets,* mit Schultern wie die Freiheitsstatue, zwängte sich durch die Tür. Eine Ladenglocke bimmelte. Die beiden anderen mit der Video-Apparatur folgten, am Schluß kam Forster selbst.

In dem Trödelladen sah es genauso aus, wie es in einem Trödelladen aussehen mußte. Überall war Plunder aufgehäuft. Von der Decke hingen ausgestopfte Affen, auf den Regalen türmten sich alte Pergamentpapierstöße, Korbvogelkäfige standen herum, und über allem lag ein nicht einmal unangenehmer Modergeruch. Als hätte dieser Laden schon existiert, noch ehe die Holländer die Insel für ein paar Handvoll Glasperlen gekauft hatten. Ja, genau: vielleicht war dies sogar der Laden, in dem sie damals ihre berühmten Glasperlen im Gesamtwert von vierundzwanzig Dollar gelagert hatten. Der ganze Laden hatte die unsichtbare Überschrift: *Sehr alt.* Man spürte förmlich, daß in der Luft noch schwach Musiknoten hingen – wie der Nachhall einer schönen einfachen Melodie, die eben verklungen ist. Selbst Forster, der sich gewöhnlich von nichts beeindrucken ließ, überlief eine feine Gänsehaut.

Er schüttelte sie jedoch rasch ab und wandte sich wieder dem geschäftlichen Aspekt dieser Angelegenheit zu.

Mr. Wing, der Besitzer des Ladens, saß in einem Schaukelstuhl auf einem exotischen Webteppich, der wie ein nicht verwendetes Requisit eines *Kung Fu*-Films aussah. Mr. Wing war Chinese und sehr alt und trug einen *Fu Man Chu*-Kinnbart und ein chinesisches Gewand. Wolken aromatisierten Tabaks stiegen aus seiner Pfeife.

Während seine Leute die audiovisuelle Apparatur aufbauten, wandte Forster, ihr Boß, sich an den Ladeninhaber.

»Mister Wing?«

Der alte Mann nickte höflich, und seine ständig tränenden alten Augen glitzerten wie im Widerschein von Kerzenlicht.

»Daniel Clamp würde Ihnen gerne etwas sagen.«

Fingerschnippen.

Bandlaufgeräusch. Auf dem Bildschirm flimmerte kurz Statik auf, die aber rasch auf ein hochauflösendes Monitorbild umsprang: ein jung aussehender Geschäftsmann, jeder Zoll Dynamik und Selbstbewußtsein.

Mr. Wing sah ohne besondere Regung oder Überraschung auf das Bild. Ganz so, als sei er derlei gewöhnt.

»Guten Morgen, Mr. Wing. Kommen wir doch gleich direkt zu den Hauptpunkten, ja? Ich bin bereit, mein Angebot erheblich zu verbessern.«

Die telegene Gestalt Daniel Clamps war eine weltweit bekannte Erscheinung. Der Inbegriff des aktiven, dynamischen amerikanischen Unternehmers. Ein jugendlich wirkender Vierziger mit blitzenden Augen und diesem unübersehbaren Zug in dem gutausssehenden Gesicht, der den »guten Jungen von nebenan« signalisierte.

Mit einem Wort: James Stewart in der Rolle des Erfolgshungrigen.

»Also, Mr. Wing«, kam es vom Bildschirm über Stereoton, »es ist mir natürlich bekannt, daß Sie an Ihrem Geschäft hängen, und ich schätze das durchaus. Auch ich lebe für mein Geschäft. Der Unterschied zwischen uns ist lediglich, daß ich die größten Gebäude in ganz New York hochziehe, während Sie« – Clamps kornblumenblaue Augen wanderten herum, als sähen sie den Krimskram des Ladens wirklich vor sich – »eher . . . kleine Sachen verkaufen. Soweit gut. Aber ich rede jetzt nicht nur von Geld.«

Die Kamera fuhr zurück, und eine Staffelei neben Daniel Clamp kam ins Bild. Auf ihr war eine Planzeichnung einer grandiosen Lobby eines riesigen Bürogebäudes zu sehen.

»Werfen Sie einmal einen Blick auf das hier, Mr. Wing«, erklärte der makellos geschniegelte Tycoon und klopfte mit einem goldenen Kugelschreiber auf den Plan, »das hier ist das *Clamp Chinatown Center.* ›Wo sich das Busineß orientiert‹, merken Sie das Wortspiel? Sehen Sie, wenn ich etwas hinstelle, dann wird es immer das Größte, das Neueste und das Beste. Schon jetzt reißen sich die Leute um Mietverträge in diesem *Center.*«

Forster schreckte auf. Aus den Korbkäfigen dort drüben kamen Laute, die wie Quietschen klangen. Verflixt, das hörte sich an wie *Ti-vii, ti-vii*! Ziemlich merkwürdig, aber nicht eigentlich bedrohlich oder ängstigend. Eine Ratte vielleicht? Nein, doch eher wie eine Maus. Er beschloß, sich nicht weiter darum zu kümmern. Er richtete mit einem Schulterzucken und einem kurzen Griff an die Revers seine Jacke wieder ordentlich zurecht und rückte an seiner Fifth-Avenue-Krawatte von Saks.

»Nun haben wir uns mittlerweile«, fuhr Mr. Clamp auf dem Bildschirm fort, »mit allen Grundeigentümern des

Blocks bereits einigen können – mit Ausnahme von Ihnen. Gestatten Sie mir, daß ich Ihnen zeige, worum es uns geht.« Und der Goldkugelschreiber trat wieder deutlich in Aktion. »Hier ein Zeitungskiosk mit Souvenirkonzession, genau hier unter dem Atrium. Der Fußgängerverkehr, der sich hier einmal abspielt, wird das PanAm-Building wie eine verlassene Geisterstadt aussehen lassen.«

Das, dachte Forster, wird den alten Knacker doch wohl beeindrucken. Als er jedoch zu ihm hinüberblickte, sah er Mr. Wing nur genauso unbeteiligt und gelangweilt Clamp zusehen wie vielleicht einem faden Majong-Spiel.

»Lassen Sie es uns bitte wissen, Mr. Wing, wenn Sie Ihre Entscheidung getroffen haben«, schloß Clamp und gab sein selbstbewußtes Lächeln dazu. »Wissen Sie, ich bin der Überzeugung, daß es immer eine Möglichkeit gibt, daß sich zwei Leute einigen können.«

Und Clamp wurde überblendet vom Firmenzeichen der *Clamp Corporation*, einem den Erdball wie eine Schraubzwinge überspannenden stilisierten C, das sich dann zusammenzog und den Erdball einklemmte.

Mr. Wing nickte. »Ja –«, sagte er mit seiner Altersklugheit, als befände sich hinter seiner edlen Stirn die Weisheit der gesamten Menschheit. »Man kann immer mit einem anderen eine Übereinstimmung erzielen. Schwieriger ist es schon, mit sich selbst in Übereinstimmung zu sein.«

Forster zwinkerte nervös mit den Augen.

»Soll das heißen, daß Sie –«

Der alte Chinese hustete. Es war ein keuchendes, rasselndes, fast tuberkulöses Husten. Es klang ziemlich krank.

Schließlich hatte Mr. Wing ausgehustet und antwortete mit äußerster Würde und Höflichkeit. »Ich bedaure unendlich, aber bitte richten Sie Mr. Clamp aus, daß die Antwort nein ist.«

Verflucht noch mal! Auf Forsters Gesicht erschien ein rascher Anflug heftiger Zornesaufwallung. Doch er bezwang sich sofort. Niemals ließ man seine Gefühle – soweit man überhaupt welche hatte – der zügigen Abwicklung geschäftlicher Prozeduren ins Gehege kommen!

Dafür hatte man viel zuviel zu tun.

Er drehte sich abrupt um und sagte im Hinausstapfen einen letzten Satz über die Schulter: »Behalten Sie das Gerät!« Seine Zeit war viel zu kostbar, um sich mit dem Herumschleppen von solchem Zeug aufzuhalten.

Er schnippte wieder mit den Fingern und kommandierte seine Lakaien hinter sich her.

Sie marschierten im Gänsemarsch aus Mr. Wings Laden hinaus.

Als sie wieder in der endlos langen Limousine saßen, fuhr der Chauffeur los und reihte sich in den wie immer lebhaften Verkehr auf der Mott Street ein.

»Tut mir leid, daß es nicht geklappt hat, Sir«, sagte der frühere *Linebacker* mit einer so kläglichen Stimme, daß sie kaum noch über den Plüsch im Wagen drang. »Ich hatte eigentlich gedacht, daß ihn das Video überzeugen könnte.«

Forsters umwölkte Stirn glättete sich, er mußte sogar etwas lächeln. Er vergegenwärtigte sich die Szene noch einmal, und sie gefiel ihm gar nicht einmal schlecht.

»Habt ihr das Keuchen gehört?« fragte er. Er holte aus dem Kühlbehälter eine Flasche Evian-Mineralwasser und schenkte sich ein Glas ein. »Der Mann ist bestimmt schon achtzig. Wenn nicht neunzig.« Er schmeckte dem kalten, klaren Wasser nach. »Wir brauchen doch nur zu warten. Mr. Wings Yin wird ja wohl über kurz oder lang zu seinem Yang schweben.«

Der Fahrer bog in die Mulberry Street ein. Sie kamen an der langen Reihe der Cappuccino-Bars und Spaghettikneipen von *Little Italy* vorbei, vorbei auch am Haus von Umberto Clam, wo Joey Gallo einst die Linguinifarm gekauft hatte. Frank Forster überlief in der Erinnerung daran doch – bei all seiner natürlichen Arroganz – ein leichter Schauer.

Ein Glück, daß Mr. Clamp nicht auch noch auf die Idee gekommen war, den Block hier ebenfalls aufzukaufen.

In Mr. Wings Kuriositätenladen rauschte die leere Statik des hochauflösenden Stereo-Videorecorders vor sich hin.

Aus einem der Korbkäfige griff eine pelzige Pfote nach dem Schalter.

Gizmo, der Mogwai, schaltete den Kanal um. Und trällerte dabei ein zufriedenes Liedchen. O Boy! Ein neues Spielzeug!

Abrupt knallte ein Technicolorbild auf den Schirm. Das pelzige kleine Wesen machte fast einen erschreckten Satz zurück in seine Bleibe. Ein riesiger Bursche mit solchen Muskelpaketen stand da und hielt etwas, das die Menschenwesen Pfeil und Bogen zu nennen pflegten. Er sah aus wie eine Art Anabolika-PaulMcCartney. Über einem typischen italienischen Hübschlingsgesicht mit dunklem Teint spannte sich ein Tuch als Schweißband um seine Stirn.

Sylvester Stallone in einem Rambo-Film.

»Um den Krieg zu überleben«, verkündete der Fürst von Pecs mit seiner unverkennbar näselnden Flatbush-Stimme, »muß man selbst Krieg werden!«

Gütiger Himmel, großer Gott, was machte der Bursche da? Was steckte er auf seinen Pfeil? Er schraubte eine Metallspitze auf, spannte seinen Bogen und schoß den Pfeil in die Luft.

Schnitt. Russischer Hubschrauber, steht in der Luft. Pfeil mit Metallspitze unter der Luftbestie.

Und dann: KA-BLAM!

Hubschrauber zerplatzt in tausend Fetzen, Stichflamme schießt hoch, und brennende Splitter regnen auf den Dschungel hinab.

Gizmos Augen wurden ganz groß. Er ruderte vor Aufregung und Schrecken mit den Armen. Meine Güte, so viel Farbe, so viel *Action*! Es erinnerte ihn an die Licht- und Lava-Fälle in der Heimatwelt von Mogturmen, des Erfinders der Mogwai.

»Sauber!« sagte er mit seiner deutlichen Piepsstimme.

Mr. Wing stand entschlossen auf und schaltete aus. Er

wandte sich Gizmo zu und drohte ihm mit knochigem Finger. »Schon wieder dieses Fernsehen! Ah, iih! Eine Erfindung für Schwachköpfe! Hast du etwa schon wieder vergessen, was die Idioten, die es dauernd anstarren, alles angerichtet haben?«

Gizmo feixte verlegen und tat unschuldig.

Mr. Wing hatte von diesem entsetzlichen Debakel vor einigen Jahren in Kingston Falls, oben im Staat, gesprochen. Als der Handlungsreisende und nebenberufliche Erfinder Rand Peltzer den Mogwai Gizmo gekauft und seinem Sohn Billy als Weihnachtsgeschenk mitgebracht hatte.

In der Erinnerung an seinen Freund Billy Peltzer begann Gizmo, der Mogwai, sofort zu schnurren. So ein netter junger Mensch! Und erst seine Freundin Kate Berringer! Ach, war die hübsch und süß! Alles so nette Leute! Und dann mußte das alles passieren! Es tat ihm so leid.

Die Menschen hatten auch schreckliche Fehler gemacht! Schließlich bringt die Sorge für einen Mogwai ja auch große Verantwortung mit sich!

Es gab da die drei Grundregeln.

Stell sie nicht ins Licht!

Mach sie nicht naß!

Und füttere sie niemals nach Mitternacht!

Licht verursacht Mogwais Schmerzen. Gut, das war bei den Peltzers kein Problem gewesen. Aber sie hatten nicht verhindert, daß Gizmo naß wurde! Wenn Mogwais naß werden, vermehren sie sich. Das war an sich ja noch nichts Schlimmes. Es gab einfach neue Mogwais. Gut, vielleicht noch etwas boshaftere und mutwilligere als ihn selbst, Gizmo. Aber dann fingen diese boshaften und mutwilligen neuen kleinen Mogwais, die aus ihm, Gizmo, hervorgegangen waren, zu futtern an – nach Mitternacht!

Und waren Gremlins geworden!

Und dann war der ganze Zauber erst richtig losgegangen...

Gizmo schauderte in der bloßen Erinnerung daran.

»Hast du etwa vergessen, daß ich kommen und dich holen mußte? Diese Kleinstadtnarren! Ruinieren fast ihre eigenen Häuser! Zerstören beinahe ihren ganzen eigenen Planeten! Haben nicht so viel Hirn im Kopf« – ein neuer Husten schüttelte ihn – »und Kraft, um die Verantwortung...«

Und dann schüttelte den alten Mr. Wing ein so heftiger Hustenanfall, wie ihn Gizmo noch nicht erlebt hatte. Er krümmte sich und bekam kaum noch Luft, belferte und keuchte.

Dem Mogwai brach schier das Herz bei diesem Anblick seines geliebten Mr. Wing.

Wenn er doch nur etwas tun könnte!

»Ich fühlte mich nicht so gut«, sagte Mr. Wing schließlich und wandte sich ab. »Ich werde mir eine Tasse grünen Tee machen und mich ein wenig hinlegen. Bitte, Kleiner, stell nichts an inzwischen!«

Und der alte Mann, dem es gar nicht gutging, schlurfte nach hinten in eine dunkle Ecke seines Ladens.

Gizmo, der Mogwai, begann ein trauriges Liedchen zu singen.

Sein geliebter Mr. Wing war krank!

Er war bereit, alles zu tun, um ihm zu helfen, alles!

Aber was konnte so ein armer Mogwai wie er schon wirklich tun?

Er begann einfach eine fröhlichere Melodie zu singen. Vielleicht half Mr. Wing ein lustiges Liedchen! Wenn schon nicht seinem Körper, so vielleicht doch seinem Geist?

Schließlich, dachte Gizmo, kam es doch letzten Endes immer nur auf den Geist an!

Und sein schönes Lied erfüllte den Kuriositätenladen wie ein süßes Parfüm.

Zweites Kapitel

Im *Clamp Center*, dem Hauptsitz der weltweit operierenden *Clamp Corporation*, gab es Hunderte Büros, Läden, Suiten und das ganze sonstige übliche Service-Sortiment für das Big Busineß. Trotzdem unterschied sich das Clamp Center von anderen Büro-Wolkenkratzern dadurch, daß es von allem erheblich mehr hatte als alle anderen. In welchem anderen Bürohochhaus gab es schon Chiropraktiker Tür an Tür mit Wahrsagern? In welchem war die »Gesellschaft der Anhänger der flachen Erde« gleich neben dem UFO-Verein? Denn David Clamps Philosophie besagte: Wer das nötige Kleingeld hat (in den erforderlichen Mengen, versteht sich!), ist auch stets willkommen als Mieter in diesem Cadillac der modernen Architektur – sein Vergleich wäre vielmehr: Rolls-Royce gewesen – doch die politischen Überlegungen ließen es ihm ratsam erscheinen, sich lieber amerikanischer Vergleiche zu bedienen, wenn auch nur der Fassade wegen. Noch etwas besaß das Clamp Center, was in den meisten anderen Bürohochhäusern nicht zu finden war: ein ganzes Stockwerk mit Fernseh- und Rundfunkstudios, die Programme für das Clamp-Kabelnetz produzierten und ausstrahlten.

In einem der Schneideräume dieses *Clamp Cable Network* besah sich ein Mitarbeiter namens Mack Shander gerade einen Nachrichtenfilmbeitrag von heute – einen Bericht von einem ehrenwerten asiatischen Mann, der vor kurzem verstorben war.

»Mit Mister Wings Tod ist indessen nun auch das letzte Hindernis beseitigt, das bisher dem seit langem geplanten Projekt Chinatown von Daniel Clamp im Wege stand ...«

»Gut«, sagte Shander zum Redakteur, »jetzt Schnitt auf den Chef.«

Der Redakteur schnitt mit einigen Griffen an den blitzenden Knöpfen und Hebeln der Konsole vor ihm das Bild um, und die ganze Serie von Monitoren im Studio zeigten das neue.

Eingespielt kam die Aufnahme von Daniel Clamp. »Dies ist natürlich ein trauriger Anlaß«, sagte er mit umflorter Stimme, doch entschlossen vorgerecktem Kinn. Mit letzter Mühe hielt er die Tränen zurück, die schon feucht in den Augen glitzerten. »Indessen«, ermannte er sich jedoch gleich wieder, »ist die gute Kehrseite dieser Nachricht die Tatsache, daß wir endlich damit beginnen können, das Projekt zu verwirklichen, das dem Stadtviertel einen so gewaltigen Aufschwung...«

Mack Shander drehte den Ton weg. Den ganzen Sums kannte er schon auswendig. Und obendrein konnte er Clamps Stimme allmählich nicht mehr hören. Henry Fonda im Gespräch mit Godzilla.

Er wandte sich um, weil jemand in den Regieraum kam. Es war Phil Marcus, der Reporter, der die Story in Chinatown gedreht hatte.

»Hallo, Mack!«

»O hallo, Phil! Gute Story. Der Zusammenhang ist interessant.«

»Ja, aber ich dachte, man sollte es nicht zu stark herausstellen. Man muß ja auf die Vermieter Rücksicht nehmen, nicht?«

»Was, glaubst du, tu' ich hier die ganze Zeit, verdammt? Grade hab' ich eine Mieterhöhung bei mir in der West Side bekommen!« Er nippte an seinem Kaffee.

Der Reporter deutete mit dem Kopf auf den Bildschirm, wo eben eine Totale von Chinatown erschienen war. »Der gute Alte hatte ja die ulkigsten Sachen in seinem Laden, sage ich euch. Was passiert damit? Versteigerung, oder was?«

»Was denn? Es geht doch schon die ganze Zeit das Gerücht

um, daß die Bulldozer längst Gewehr bei Fuß stehen, um sofort loszuwalzen, sobald der Alte seinen letzten Atemzug getan hat. Platträumen, die ganze Geschichte.«

»Und wenn der alte Wing sich entschlossen hat, doch noch nicht vollständig tot zu sein?«

»Ach, gehen wir doch einfach von der Annahme aus, daß Forster kein Risiko eingeht.«

Diese Formulierung kam den Tatsachen ziemlich nahe. Denn im gleichen Augenblick, da sie sich hier noch unterhielten, waren in Chinatown nach dem Abzug der Kamerateams die Demolierkugeln bereits in Aktion.

Nur befand sich unglückseligerweise ein gewisser kleiner Mogwai namens Gizmo noch immer in seinem Korbkäfig in Mr. Wings Kuriositätenladen.

Gizmo seufzte und sang wieder sein Lied. Es war jetzt sehr, sehr traurig, in Moll natürlich. Gizmo vermißte seinen Freund Mr. Wing wirklich sehr.

Das kleine Geschöpf war, mit einem Wort, in Trauer. Es hatte sich einen Trauerflor um den Pelzarm gebunden und sich selbst in die Arme genommen und fühlte sich einsam und verlassen.

Aus einem seiner Augen rann eine Träne und lief glitzernd seine Nase hinab. Als sie auf eine der Korbruten seines Käfigs fiel, machte es plötzlich

KA-BUMMMM!

Und der ganze Laden erzitterte in seinen Grundfesten, als bebte die Erde. Von den Wänden fiel der Verputz.

Als nächstes knickte einer der Trägerholzbalken ein, stürzte um und fiel genau auf den Korbkäfig. Der Käfig hatte ein klaffendes Loch. Und da offensichtlich die ganze Welt im Begriff war, in sich zusammenzustürzen, kam Gizmo zu dem Ergebnis, es sei ganz gewiß am besten, wenn er machte, daß er hier wegkam, und zwar schleunigst.

Er brachte sich gerade noch vor einem herabfallenden Stück Putz in Sicherheit, sprang über eine zerborstene Wasserpfeife und dann über ein altes Grammophon, als hinter ihm bereits eine riesige eiserne Demolierkugel durch die Wand krachte, ein gewaltiger biblischer Behemoth von Zerstörung und Destruktion.

Und genau auf ihn zu!

Er sprang und rannte, so schnell er konnte.

Doch die Demolierkugel schien aufzuholen. Für den kleinen Winzling von Mogwai war sie drohend groß wie ein ganzer Planet.

Iiiih! Nur noch Zentimeter! Er spürte den Luftdruck, den die Kugel vor sich herschob wie eine Wand, und konnte bereits die Kälte dieses schrecklichen Metalls fühlen...

Da gelang es ihm noch im allerletzten Moment, zur Seite zu springen, aus der Bahn der fliegenden Kugel, indem er sich nach rechts warf und weich in einen Korb mit indischen Schals fiel. Aber der Krach und das Splittern von zerberstendem Material wiederholte sich, als die Kugel gegen die andere Wand schlug und sie durchbrach. Instinktiv war Gizmo klar, daß er hier nicht länger bleiben konnte. Das ganze Haus mußte im nächsten Augenblick über ihm zusammenfallen!

Das bedeutete nur eines: Weg von hier!

Und mit seinen kleinen Füßchen wieselte er davon durch das in die Wand geschlagene Loch, hinaus auf den Seitenweg, springend und hakenschlagend, um den überall herumfliegenden Ziegelsteinen auszuweichen, die gewaltige Staubwolken in die Luft schickten, wenn sie niederfielen. Der kleine Mogwai rannte und rannte um sein Leben, zu Tode erschreckt in seinem kleinen Gehirn, bis er schließlich weit genug weg war, an einer ruhigen und stillen Stelle der Straße.

Er bleib stehen, atmete tief durch und seufzte.

»He Joe, schau mal das hier!«

Verdutzt fuhr Gizmo herum und sah nach oben. Zwei grobe, schwielige Menschenhände griffen nach ihm. Er sah ein faltiges Gesicht mit einem Zigarettenstummel im Mund.

Dann packten ihn diese kräftigen Hände und hielten ihn fest.

Billy Peltzer pflegte üblicherweise niemanden und nichts zu hassen. Nicht einmal die verstorbene und bedauernswerte Mrs. Deagle hatte er gehaßt, die wollte, daß sein Hund Barney eingeschläfert wurde und als UFO endete, das über den Himmel von Kingston Falls davonbrauste. Nein, Billy Peltzer liebte Tiere und Sonnenuntergänge, seine Mutter und seinen Vater und seine Verwandten. Und am allermeisten liebte er Kate Berringer, mit der er verlobt war.

Allerdings, eines haßte Billy Peltzer doch: New York.

Andererseits war ihm durchaus klar, daß ein Architekt oder Künstler nirgendwo sonst eine Chance zum Erfolg hatte. Wo sonst als in Manhattan konnte Kate hoffen, ihren Durchbruch zu schaffen? Wirklich erfolgreich zu sein in dem Beruf, dem sie sich verschrieben hatte, nämlich dem Bücherverlegen? Zugegeben, sie hatte bisher noch nicht eigentlich Fuß gefaßt in diesem Metier. Aber natürlich hatte sie nur hier, im Herzen des amerikanischen Verlagswesens, eine Chance. Gut, im Augenblick war sie erst Besucherführerin im *Clamp Building*. Aber schließlich hatten ja Johnny Carson und Willard Scott auch ganz klein angefangen, als Pagen bei NBC, nicht? Und deshalb hatte es auch für Billy noch nie den mindesten Zweifel gegeben, daß Kates Karriere ganz klar vorgezeichnet war: zuerst Assistentin, dann Lektorin oben im 12. Stock des *Clamp Center*.

Es war natürlich einigermaßen schwierig, an seine Träume zu denken, wenn man sich mitten im schlimmsten Stoßverkehr von New York befand.

Und wenn Billy Peltzer eines wirklich haßte, dann diese *rush hours* in New York.

»Ich werde wohl gegen sechs fertig sein heute abend«, sagte Kate Berringer. Sie quälten sich gerade durch den blanken Wahnsinn des Times Square am Morgen. »Wenn wir direkt vom Büro aus hinfahren, schaffen wir noch die Frühvorstellung im Kino.«

Sie waren gerade aus dem U-Bahntunnel Times Square heraufgekommen. Sie hatten sich von der IRT-Linie 3 in die

Stadt hereinrütteln lassen. Jetzt drängelten sie sich mit den Ellbogen durch die dichte Menge der in ihre Büros eilenden Menschen, vorbei an Straßenverkäufern, Strichmädchen, allerlei Straßenakrobaten und der sonstigen Ansammlung ausgeflippter Typen, die hier am Times Square immer anzutreffen waren und in den Eingängen der Schmuddelkinos herumlungerten. Über allem lag der typische New-York-Geruch, dieses Frühlingstauwettergemisch von heißen Maronen, Beton, stickiger Luftfeuchtigkeit und Müllgestank, gemischt mit gelegentlichen Hauchwölkchen des Parfüms oder Deos der hastenden Leute und vervollständigt – damit es auch eine komplette Angelegenheit war – von den wenig angenehmen Ausdünstungen der Obdachlosen.

In Gegenden dieser Art hielt Billy stets den Blick zu Boden gesenkt. Weil man besser aufpaßte, wohin man trat.

»Das wird aber knapp«, erwiderte er. »Vielleicht wäre es gescheiter, es auf morgen zu verschieben. Nein, morgen geht auch nicht, morgen kommen die Futtermans zu Besuch, und die sind schon ganz aufgeregt über ihre Reise in die große Stadt!«

Kate wich einem sich hastig durch das Gewühl drängelnden Geschäftsmann aus, der zweifellos irgendwo einen wichtigen Frühstückstermin hatte. »Mister Futterman«, sagte sie, »geht es offenbar immer besser. Wenn er schon wo hinfahren kann.« Sie hatte einen hellblauen Blazer an, an dessen Brusttasche ihr Namensschild steckte, das mit einer Codenummer über dem Clamp-Emblem versehen war. Ein genau gleiches Schild hatte auch Billy.

»Ja«, pflichtete er bei, »seine Frau sagt auch, es geht ihm schon wieder viel besser. Er war einfach nur überdreht.«

»Und dazu dann noch die Belagerung durch diese Gremlins in Kingston Falls!« Kate schüttelte in der Erinnerung daran noch immer den Kopf, und ihre wunderschönen dunkelbraunen Augen verrieten noch immer Ungläubigkeit. »Aber wen würde es schon nicht praktisch verrückt machen, wenn ein Haufen Ungeheuer mit einem Schneepflug mitten durchs Wohnzimmer fährt! Sie haben ihn schließlich fast totgefahren!«

»Ja«, sagte Billy und sah auf die Uhr. »Wir kommen zu spät. Sollten wir nicht lieber noch ein Taxi nehmen?«

Natürlich war auch ihm, dem jungen Mann aus der Vorstadt, völlig klar, daß die Hoffnung, zu dieser Tageszeit mitten in der Stadt ein freies Taxi zu finden, ungefähr genauso viel Chancen hatte wie der sprichwörtliche Schneeball auf der heißen Herdplatte. Aber versuchen konnte man es ja immerhin. Wenn Marla ihn erwischte, daß er schon wieder mal zu spät kam, grillte sie ihn auf dem offenen Feuer! Und wenn es auch nicht gerade ein Horror war, an seine überaus attraktive direkte Vorgesetzte zu denken, so war doch völlig klar, daß das Donnerwetter, das ihm gleich von ihr blühte, sehr wohl einen solchen darstellte.

Wie es der Zufall wollte, stieg eben ein Geschäftsmann im Trenchcoat aus einem Taxi. Billy war bereits hingerast und steckte den Kopf in das Fenster des Fahrers, um ganz sicher zu sein, daß der Bursche ihn auch beachtete. Die Wolke von Zwiebel- und Knoblauchatem, die ihm entgegenschlug, hätte gereicht, einen Vogel von einem zwanzig Meter entfernten Haus herunterfallen zu lassen.

»Danke. Können Sie noch einen Augenblick warten, bis meine Freundin auch da ist?«

Der Fahrer, ein Ausländer, kniff die Augen zusammen und schob seinen Zigarrenstummel von der einen Seite seines Mundes unter seinem buschigen Schnurrbart in die andere. »Fahren zu die Ehr-porrt?«

»Nein, nein. Clamp Center. Dauert nicht lange, nur die Madison rauf und dann –«

Der Fahrer schnitt ihm fast die Nase ab, so hastig kurbelte er seine Scheibe hoch und schoß in den Verkehr, während Billy in der Auspuffwolke halb erstickte.

Kate kam inzwischen zu ihm und zog ihn zurück auf den Gehsteig, ehe er von den Lawinen der Busse, Wagen oder einem dieser total verrückten Fahrradboten, die ständig vorbeizischten, als wollten sie gleich die Schallmauer durchbrechen, plattgewalzt wurde.

»Komm, Billy ... Ich glaube nicht, daß wir New York jemals leiden können!«

Billy seufzte nur. Der ganze Vorfall hatte ihn so gut wie sprachlos hinterlassen.

Sie gingen die acht Blocks, die sie ungefähr noch bis zum Clamp Center hatten, zu Fuß. Mit jedem Schritt auf dem schmutzigen Asphalt, mit jeder unsauberen Hand, die sich ihm um Kleingeld bettelnd entgegenstreckte, wuchs Billys Bedrückung.

Verflixt, Marla brachte ihn um!

Schließlich aber erreichten sie das unglaubliche Monument von Macht und Reichtum namens Clamp Center. Noch immer überlief es ihn kalt beim Anblick dieses Gebäudes. Ein Denkmal der Architektur des späten zwanzigsten Jahrhunderts, der schiere Inbegriff von Reichtum. Es erhob sich in den Himmel wie ein Direktstecker zum lieben Gott persönlich. Die frischgeputzten Fenster blitzten, das Stahlskelett blinkte. Die Eingangshalle, ein riesiges, über drei Stockwerke hohes Atrium, war ein Symbol von Bedeutsamkeit überhaupt. Nicht nur richtige Bäume standen darin, sondern es enthielt auch die *Clamp Center Concession Mall* – ein Paradies für Kreditkartenkunden; Daniel Clamps phantasiereiche Opfergabe an die Göttin des Kommerzes, deren Geldbörse er anbetete.

Mein Gott, war das ein Klotz von Haus! Und Gott, war es schön! Clamp hatte die besten Architekten beauftragt, es zu entwerfen und zu bauen, und nur die allerbesten Materialien waren verwendet worden. Und so war es eine Prestige-Adresse in einer Prestige-Stadt. Es gab Gerüchte, eine Putzfrau habe Daniel Clamp einmal dabei überrascht, wie er sich auf der obersten Spitze des Turms aus dem Fenster lehnte und hinausbrüllte: »Ma, jetzt bin ich ganz oben!«

Sie waren fast am Eingang, als sich Billy Kate zuwandte.

»Du weißt doch, daß ich gerade an dieser Zeichnung arbeite, Kate? Das große Gebäude in Chinatown? Das macht mich noch fertig!«

»Wieso, warum?«

»Gestern zum Beispiel. Alles sah wunderschön aus, und was passiert? Meine Chefin kommt und sagt, ich soll das World Trade Center zwanzig Stockwerke niedriger machen, damit unseres höher aussieht.«

»Also, das ist aber ein ziemlicher Schwindel!«

»Sag' ich doch! Ich glaube nicht, daß ich dieses Jahr aufgebessert werde.«

»Das macht nichts. Deswegen müssen wir nicht warten.«

»Doch. Ich würde mich nicht anständig fühlen, wenn ich mit dem Geld, das ich jetzt kriege, heiraten würde. Schlimm genug, daß du mir den Job verschaffen mußtest.«

Sie stand ihm gegenüber. Ihre Haare waren seit einiger Zeit kürzer, sie sah auch älter aus, aber auf eine sehr anziehende, sehr ordentliche und ehrliche Weise. Billy hatte immer gehofft, die Stadt möge Kate nicht hart und kalt machen. Er fand die süße, naive Kate viel attraktiver. »Ich habe dir nicht den Job verschafft«, widersprach sie. »Ich habe lediglich einfach gehört, daß er frei ist. Billy, ich habe nichts dagegen, daß du mehr verdienst und befördert wirst oder was, wenn es das ist, was du willst. Aber du mußt auch deutlich machen, daß du es verdienst. Du mußt die Leute daran erinnern, daß es dich gibt!«

Ja, dachte Billy, während sie auf die Drehtür zugingen, vielleicht hat sie ja recht. Er war so eine Art Mauerblümchen in diesem Büro. Er sollte vielleicht wirklich etwas selbstbewußter auftreten – aber dieses Intrigenspiel und Antichambrieren im Büro, das war ihm einfach von Natur aus zuwider... diese ganze Hochnäsigkeit und Angeberei. So wie Marla.

»Möchtest du heute mal die Drehtür versuchen?«

Kate betrachtete die High-Tech-Überschalltüren mit äußerstem Mißtrauen. »Ich weiß nicht recht. Ich habe heute sehr ausgiebig gefrühstückt...«

Während sie noch dastanden, kam ein leitender Angestellter mit hochrotem Kopf und Aktenköfferchen und bahnte sich rüde einen Weg an ihnen vorbei, zur Drehtür.

Prompt wirbelte es ihn herum wie einen sehr hungrigen tasmanischen Teufel. Er taumelte, stürzte und wurde herumgerollt wie in der Trommel einer laufenden Waschmaschine, während die Papiere aus seinem aufgegangenen Aktenköfferchen herumwirbelten.

»Vielleicht hast du recht«, murmelte Billy.

Sie gingen also lieber durch eine der normalen Türen mit der Aufschrift BITTE BENÜTZEN SIE DIE DREHTÜREN.

In der Halle hätte der Szenenwechsel nicht krasser sein können. Nichts mehr von der Drängelei und dem Hasten und dem Lärm der New Yorker *rush hour* draußen. Ein watteweiches, leises, klimatisiertes Himmelsparadies moderner Gestaltung und hochtechnischer Ausstattung. Ultramodern und von monumentalen Dimensionen. Gedämpft die ganze Atmosphäre, Bars, Restaurants, ein Yoghurtstand, ein Frisiersalon, Kleiderboutiquen und Schuhläden in einer Menge, die selbst Billy Peltzers Mutter zufriedengestellt hätte. Nur natürlich alles gehobener Standard. Chichi. Luxus. Viele der Leute, die sich hier auf diesem teppichbelegten Areal bewegten, waren sofort an ihren Namensschildern als Clamp-Personal zu erkennen – das große C. Die gleichen wie die Billys und Kates.

Kate winkte einer attraktiven Dreißigerin grüßend zu, die bereits eine erste Gruppe zur Führung hatte. Die Geführten reckten und fotografierten das Monument. Billy kannte die Gegrüßte ebenfalls. Eine Kollegin von Kate. Sie hatte auch genau die gleiche Uniform an wie sie. Mit hoher Mütze, in Form des Clamp Towers . . .

». . . und hoffen, daß Ihnen diese Führung durch das modernste automatisierte Bürogebäude der Welt gefallen hat. Und denken Sie bitte auch an den Bestseller von Mr. Clamp ICH NAHM MIR MANHATTAN, den Sie vorn am Zeitungskiosk käuflich erwerben können.«

Kate ermahnte Billy noch einmal. »Laß dich nicht irremachen.«

»Nein.«

Sie küßten sich, und während er die weichen und vollen Lippen von Kate spürte, vergaß Billy seine Probleme.

Augenblicke wie dieser wogen die ganze New Yorker Verrücktheit auf.

Er beeilte sich, den nächsten Aufzug nach oben noch zu erwischen.

Zu seinem Pech fuhr er ihm vor der Nase weg.

Statt dessen hörte er eine schmeichelnde elektronische Stimme: »Vielen Dank, daß Sie soeben den Aufzugsknopf gedrückt haben.«

Ja, ganz wunderbar, dachte er. Da hat Marla wenigstens noch ein bißchen mehr Zeit zu kochen.

Ein Mann betrat die Halle, bei dessen Anblick sich alles in Billy zusammenzog...

Drittes Kapitel

Frank Forster, Daniel Clamps Mann fürs Grobe, kam in die Lobby des *Clamp Center*. Wie er auftrat, konnte man meinen, der ganze Laden gehöre ihm. Er war aber mit seiner permanenten Hohlkreuzhaltung und dem finsteren Clint-Eastwood-Blick mit eiskalten blitzenden Augen auch genau der Typ dafür.

Auf seinem Weg durch die Halle begann sein Rufsummer an seinem Gürtel zu piepen.

Die moderne Technik rief.

Und wenn die moderne Technik rief, war Frank Forster immer *pronto* zur Stelle.

Er bog abrupt in eine Nische mit einer verschlossenen Kabine ab, schloß sie auf und hatte einen großen hochauflösenden Bildschirm vor sich. Über diesem befand sich eine Fernsehkamera, die nun sein eigenes Bild nach oben übertrug. Der Bildschirm zeigte ihm natürlich den Kopf von Daniel Clamp, der nach Ich-habe-keine-Zeit aussah.

Ja, ja, wenn die moderne Technik rief, antwortete Frank Forster immer umgehend. Ganz besonders, wenn der Ruf direkt von Daniel Clamp kam.

Und es ging auch schon los. »Forster!« hörte er Clamp. »Diese Leute von der Planungskommission kommen heute. Es geht um die Wohneinheiten auf dem Chrysler Building, die wir bauen wollen. Und da sind wir schon ganz nahe dran.«

»Ja, Sir.«

»Ich will das also wie am Schnürchen ablaufen sehen, ist das klar? Alles. Organisation, Leute, alles.«

»Ja, Sir. Ich überprüfe die ganze Dekoration heute vormittag noch einmal. Heute abend lasse ich dann noch eine überraschende Drogensuche veranstalten, und –«

Er wurde unterbrochen.

Eine sehr drängende Stimme hinter Forster sagte: »Verzeihung, Mr. Clamp. Könnte ich Sie wohl kurz sprechen? Es dauert nur einen Augenblick.«

Er fuhr herum.

Vor Frank stand wie eine Halloween-Karikatur in einem kompletten Dracula-Kostüm ein Mann. Er sah nicht gerade wie Bela Lugosi aus, eher wie Al Lewis als Großvater der *Munsters* und allenfalls ein Drittel so furchterregend.

Forster erkannte ihn sofort. Grandpa Fred, der offensichtlich aus seinem Sarg im Studio E entfleucht war.

»Sehen Sie nicht, daß dazu jetzt keine Zeit ist?« schnarrte er ihn mit seiner unfreundlichsten Stimme an.

Doch Grandpa Fred versuchte sich bereits an ihm vorbeizudrängeln. »Ich muß einfach mit –«

Forster schlug ihm die Kabinentür vor der Nase zu. »Ich sagte Ihnen doch, daß wir keine Zeit haben!«

»Ja, aber Mr. Forster, bitte. Ich wollte doch lediglich kurz mit Mr. Clamp sprechen!« Und Grandpa Fred versuchte ein gewinnendes Lächeln zustande zu bringen, was ihm allerdings nicht ganz gelang. »Kann denn niemand außer Ihnen mit ihm –«

»Wenn Sie nicht augenblicklich eine Rückfahrkarte in Ihr Borschtschghetto haben wollen, Mann, dann gehen Sie mir jetzt gefälligst augenblicklich mit ihrem Cape und ihren Vampirzähnen aus den Augen!«

Grandpa Fred war besiegt und schlurfte mit wehendem Cape zerknirscht davon.

Forster ging kopfschüttelnd wieder in seine Kabine und zu seinem Gespräch mit seinem geliebten Chef zurück.

Während Billy ungeduldig auf den Aufzug wartete, roch er ein vertrautes Parfüm. Es verursachte eine Anspannung aller seiner Muskeln.

Marla Bloodstone, Leiterin seiner Abteilung, sprich seine direkte Chefin, wartete ebenfalls auf den Aufzug.

»Na, Billy?« sagte sie.

»O hallo, Marla. Wie –«

Marla rauchte, wie üblich. Und sie unterbrach ihn auch sofort. Auch wie üblich. Ihre Worte kamen von Rauch begleitet wie die Dampfstöße einer Lokomotive bei jeder Umdrehung der Kolben. »Also Ihre Zeichnung von Chinatown. Die muß jetzt abgeliefert werden. Das ist mehr als brandeilig. Die Druckerei tritt schon von einem Fuß auf den anderen.«

Sie war eindeutig in ihrem – üblichen – Zustand von Über-Aufgedrehtheit. Melodramatische Folge von zuviel Kaffee. Sie war überhaupt die hektische New Yorkerin aus dem Bilderbuch. In Reinkultur. Im Extrem. Eine hübsche Frau mit ansehnlicher Figur, die vermutlich ohne ihre strenge Busineß-Garderobe, ihre flammendroten Haare und ihre Tonnen von Make-up, die sie sich ins Gesicht zu pflastern pflegte und mit dem sie aussah wie gelackt, sehr viel mehr Sex-Appeal ausgestrahlt hätte.

Davon abgesehen sah sie aus wie die liebe Dame in den Werbeanzeigen von American Express, die ihren großen Bruder zum Essen ausführt.

»Ja, natürlich. Die Zeichnung. Ich muß nur noch –«

Sie schob ihn vor sich her in den Lift, in den sie zusammen mit einem Haufen anderer Angestellter gequetscht wurden.

»Nennen Sie bitte die gewünschte Etage«, sagte die sanfte Computerstimme höflich.

Marla sagte eben: »Zweiunddreißig Leute stehen da und warten, daß ich ihnen endlich –«

Ihr nachdrückliches »Zweiunddreißig« übertönte das schüchterne »Sechzehn« ihres Nachbarn.

»Zweiunddreißig, bitte!« bestätigte die Computerstimme.

»Nein, nein!« protestierte der Nachbar lauthals. Er war vermutlich ebenfalls schon zu spät dran.

»Nicht!« sagte Billy sofort sehr beunruhigt. Es war nicht das erstemal, daß er so etwas erlebte. »Nicht!«

Zu spät.

Die unbeteiligte Computerstimme meldete bereits: »Etage zweiunddreißig annulliert.«

Und der Aufzug blieb mittendrin stehen, ziemlich abrupt und heftig. Alle Insassen wurden durcheinandergeschüttelt. Es sah ein wenig aus wie gemischter Leutesalat.

»Bitte nennen Sie Ihre neue gewünschte Etagennummer.«

»Achtundfünfzig!« sagte Marla, ehe sonst jemand reagieren und seine Etage nennen konnte.

»Achtundfünfzig, bitte!«

Der Lift fuhr wieder los, während die anderen Insassen sich noch aufrappelten.

Marla zuckte nur mit den Achseln. Sie bemerkte, daß sie in dem Durcheinander ihre Zigarette irgendwohin hatte fallen lassen, zog sich mit ihren langen roten Fingernägeln ihr Päckchen aus der Handtasche, stippte sich eine neue heraus und steckte sie an. Der Rauch wehte nach oben.

Eine Menge giftiger Blicke waren die Reaktion.

Und auch der Computer meldete sich. »Rauchen ist antisozial«, erklärte seine Stimme.

»Das Ding habe ich vielleicht dick«, seufzte Marla.

Darin war sich Billy immerhin mit ihr einig, wenn er auch ansonsten ebenfalls keineswegs wild auf Zigarettenrauch war.

Obwohl Marla offensichtlich in ihrem üblichen hektischen Zustand war, schien sie dennoch nicht eigentlich sauer auf ihn zu sein. Billy entspannte sich ein klein wenig und kam dabei sogar zu der Überzeugung, daß Marla gar nicht so schlimm war. Sie stand schließlich ihrerseits genauso unter Druck wie sie alle. Sein ganzes Leben in dieser Hölle von Stadt zu verbringen, mußte doch zwangsläufig seine Folgen und Auswirkungen haben. Und dann ... so eng neben ihr, fast an sie gepreßt in diesem überfüllten Lift, und im Lichte seiner milden Beurteilung ihrer Person im Augenblick – sie war schon ziemlich ... feminin. Unter dieser Büromaske. Und sie roch wirklich gut. Sie war überhaupt ganz schön attraktiv.

Er rief sich selbst sofort zur Ordnung. Was dachte er denn da? Er war doch immerhin verlobt! Und zwar mit dem wundervollsten Mädchen der Welt! Und er beschäftigte sich in Gedanken mit seiner Chefin? Mann Gottes, was war denn los mit ihm?

Endlich ging die Lifttür auf. Achtundfünfzig.

Sie stiegen aus und begaben sich in ihre Abteilung Werbung, *Daniel Clamp Enterprises.*

»Also, wie gesagt, dieser Termin«, fuhr Marla mit ihrem nasalen Brooklyn-Akzent fort. »Ich bin nicht dran schuld. Ich werde getreten, damit ich Sie trete. Die ganze Geschichte ist ohnehin ein Horrorstory-Desaster mit eingebautem Herzinfarkt!«

Die Abteilung Werbung nahm die gesamte Etage ein. Sie bestand aus einem ultramodernen Großraumbüro – endlose beige Stellwände, die winzige Zellen von Arbeitsplätzen voller hochmoderner ergonomischer Einrichtung schufen. Und dazu steuerte die Firma sogenannten »weißen Lärm« bei, jenes leise Statikrauschen aus verborgen installierten Lautsprechern, das dazu diente, die Gespräche in dem riesigen Großraum zu isolieren.

Sie kamen an einem Angestellten vorbei, der sich mühte, aus einem der Trinkbrunnen der Abteilung etwas herauszubekommen. Als er den Knopf drückte, schoß der Wasserstrahl um einiges zu hoch und platschte auf den Teppichboden. Der Mann hatte sich zu dem Wasserstrahl hinuntergebeugt und bekam nun eine Dusche ins Gesicht.

Billy nickte nur mitfühlend. Genau das gleiche war ihm gestern passiert.

Sie kamen an seiner Zelle an. Sein Arbeitsplatz – seine »Tätigkeitsstation« – bestand aus einem Zeichentisch, einigen Ablageschränken und einem mit einem Videoschirm gekoppelten Telefon. In der Ecke kämpfte eine kleine Topfpflanze heftig ums Überleben. An die Wand hatte er seinen

Entwurf für die Hauptstraße seiner Heimatstadt Kingston Falls gepinnt.

Auf seinem Zeichenbrett lag eine Aufrißzeichnung des geplanten Clamp-Chinatown-Gebäudekomplexes. Eine Monstrosität aus Glas mit idiotischen Pagodenimitaten. Er hatte versucht, der ganzen Geschichte ein bißchen künstliches Leben einzuhauchen, indem er Passanten hinzugefügt hatte, Kinder, die Drachen steigen ließen, und Leute, die mit Stäbchen aus Keramikschüsseln aßen.

Marla betrachtete es mit über ihrem üppigen Busen verschränkten Armen.

»Es ist so gut wie fertig«, sagte er. »Ich muß lediglich noch –«

»Der Hof ist sehr kalt.« Sie deutete mit ihrer Zigarette darauf. »Ein paar Bäume, und gleich sieht es hübscher aus.«

»Sind da denn Bäume vorgesehen?«

»Natürlich nicht. Aber das ist doch kein Grund, keine hinzumalen!«

»Aber Marla!«

»Ulmen!« befahl sie mit Vorgesetztenblick, und er ließ es lieber sein, noch einmal Einspruch zu erheben.

»Also gut.«

Er wollte sich gerade setzen und zu arbeiten beginnen, als niemand geringerer als Daniel Clamps rechte Hand Frank Forster mit suchenden Falkenaugen die Großraumzellen absuchte.

Und Marla, immer ganz *politisch* denkend, war mit einem Schlag ganz Lächeln und guten Morgen: »Hallo, Mr. Forster!«

Forster nickte ihr knapp zu. An seinem offensichtlich gußeisernen Herzen zerschellte selbst ihre ganze Attraktivität. Sein Blick schweifte kurz über Billys Platz. Er knurrte etwas und fixierte den jungen Mann kalt.

»Das sieht aus, als hätte jemand sein Angestellten-Handbuch nicht aufmerksam gelesen, nicht wahr, Mister –?«

Und während er es noch sagte, hatte er bereits ein ledernes

Mäppchen geöffnet und einen Abtaster herausgeholt, mit dem er nun über Billys Namensschild fuhr. Sofort zeigte ihm sein Mäppchen den Namen an.

»–Peltzer«, vollendete er.

»Äh, ja, worum...?« stotterte Billy.

»Nicht genehmigte Topfpflanze!« monierte Frank Forster, und seine Augen wurden eng. »Gefahr von Blattlausinfektionen!«

Billy zwängte die Topfplanze hastig in einen seiner Ablageschränke.

Inzwischen hatte Forster seine Zeichnung an der Trennwand erblickt. »Und was bitte, soll das sein?«

»Das ist meine Heimatstadt.«

»Mr. Peltzer, ist Ihnen bekannt, welche Summen die Firma Clamp dafür ausgibt, es ihren Angestellten zu ermöglichen, die Bürowände mit den Werken anerkannter Künstler zu schmücken?«

Und er deutete mit großer Geste auf eine Wand in der Nähe, an der ein Stück anonymer »Bankkunst« hing: Blumen in einer Vase, traditioneller Stil.

»Beruhigend für die Augen. Farbenkoordiniert. Und genehmigt, Mr. Peltzer!«

»Ja, Sir. Es sollte auch nur ein –«

»Ein kleiner persönlicher Hauch sein, ja, ja. Wo kämen wir da hin, wenn sich hier jeder solche kleinen persönlichen Hauche leisten würde?« Und der strenge Mann beugte sich zu ihm vor, so nahe, daß Billy sogar seine Zahnpasta riechen konnte. »Kaffeetassen mit Aufschriften wie ›Größter Liebhaber der Welt‹! Die süße kleine Hula-Puppe vom Urlaub in Hawaii! Das Snoopy-Poster, das ›ungeniert alles sagt‹! Fänden Sie das besonders geschmackvoll, Mr. Peltzer?«

Billy wich ein wenig zurück und sah sich um. »Ich kann nirgends etwas dieser Art –«

»Wenn Sie tagtäglich in einen zweihundert Millionen Dollar teuren... Flohmarkt kämen?«

Forster schniefte angewidert und war schon wieder weg.

Sein Adlerblick schweifte weiter über die Bürozellen der Abteilung Werbung.

Marla stand wie vom Donner gerührt und rauchte – nicht nur tatsächlich wie stets, sondern auch symbolisch. Sie paffte hektisch an ihrem Nikotinstengel, klopfte nervös mit der Fußspitze, und ihre Blicke flogen nur so herum. Als sei sie ganz sicher – unter Ausschluß jeden Zweifels sicher –, daß das Auge Daniel Clamps höchstpersönlich in diesem Moment prüfend auf ihnen allen ruhte.

»Billy, das ist genau, was mir jetzt in dieser Situation gerade noch gefehlt hat! Ist Ihnen eigentlich klar, daß wir in drei Wochen Abteilungsrevision haben? Und was brocken Sie uns hier ein? Einen Super-Gau, mit dem verglichen ein Nuklearunfall ein Kinderspiel ist! Und das ist mein voller Ernst!«

Billy seufzte und versuchte ein ermutigendes Lächeln. »Es tut mir leid, Marla. Aber Sie müssen zugeben, es hätte viel schlimmer ausgehen können.«

»Schlimmer! Wie meinen Sie das: schlimmer?« Und ihr Busen wogte erregt, ganz und gar kein unangenehmer Anblick. Sie warf die Arme dramatisch hoch, und ihre Zigarettenasche regnete über Billys Arbeitsplatz. »Mister Forster bestellt vermutlich die ganze Abteilung zum Rapport! Und das alles nur, weil Sie einen unordentlichen Arbeitsplatz haben, in dem Gemüse wächst!«

Und sie stürmte hektisch davon. »Sehen Sie zu, Billy, daß Sie das in Ordnung kriegen, zum Donnerwetter noch einmal. Bringen Sie Ihre Sachen in Ordnung!«

Billy seufzte noch einmal und steckte seine Skizze von Kingston Falls in seine Mappe. Wie hätte eine Frau wie Marla wohl ausgesehen, damals vor ein paar Jahren, in Kingston Falls. Alt?

Er kam zu keinem rechten Ergebnis und machte sich achselzuckend an seine Arbeit.

Viertes Kapitel

Kate Berringer führte ihre letzte Besuchergruppe durch die geschäftige Halle.

»Das Clamp Center«, verkündete sie mit eleganter Betonung, »ist das modernste ›intelligente‹ Gebäude in ganz Amerika. Alles in ihm ist auf dem letzten Stand der Technik. Sicherheit, Kommunikation, Klimaregelung, alles.« Sie stand aufrecht und mit kühler Souveränität da. Sich stets dieser Haltung und Attitüde zu befleißigen, gehörte zu den Grundinstruktionen ihres Jobs.

Sie bedeutete ihrer Gruppe – dem typischen Haufen gakkernder Touristen in Polyesterkleidung und mit billigem Haarschnitt –, ihr zur Treppe zu folgen.

»Das Clamp Center«, fuhr sie fort, »ist nur ein Teil des weltweit operierenden Firmenverbunds von Mr. Clamp. Er umfaßt Baufirmen und Aktivitäten auf dem Sektor Sport, Finanzierungsgesellschaften sowie ein sehr populäres Sortiment von Marmeladen und Konfitüren. Und selbstverständlich auch, wie diejenigen unter Ihnen wissen, die zu Hause Kabel haben, das Clamp-Kabelfernsehen!«

Oben in den Studios des Clamp-Kabelfernsehens lief im gleichen Augenblick eine Videoaufzeichnung.

Die MIKROWELLEN-Show! Mit Marge!

Marge war eine füllige Dame mit Matronenlächeln. Sie nahm gerade ein Gericht von einer der zahlreichen Herdplatten in ihrer Dekoration.

». . . habe ich übrigens Briefe bekommen, in welchen mir die Absender mitteilen, daß diese Gerichte hier, wenn man sie in einem – etwa aus romantischen Gründen – abgedunkelten Raum serviert, eine Art Leuchtschimmer von sich geben, speziell die Fleischstücke. Also, was das betrifft, das ist nun völlig normal ...«

Billy Peltzer schaute sich das einen Augenblick lang an und ging dann weiter, vorbei am Regieraum. Er hatte eine Einkaufstüte bei sich und ging zu einer Dekoration ganz hinten, die ziemlich heruntergekommen aussah.

Es war die Dekoration der Serie DAS HORRORHAUS VON GRANDPA FRED, der Geisterserie von *Clamp-Kabel-TV*. Sie bestand aus einigen schon früher verwendeten schiefen Grabsteinen – aus Pappmache, natürlich – und einem Sarg.

Billy blieb neben dem Kameramann stehen.

Der arme Grandpa Fred, dachte er. Ein bißchen mehr Sorgfalt und Aufwand hätte er schon verdient. Aber es war nicht mehr das richtige, seit Clamp höchstpersönlich die Serie aus der Hauptsendezeit am Samstagabend geworfen und auf den Sendeplatz Samstag halb vier Uhr morgens verbannt hatte.

Trotzdem gab das alte Schlachtroß nach wie vor sein Bestes.

Grandpa Fred war gerade wieder unterwegs, die Hände dramatisch erhoben. Er huschte geduckt umher, während ihn ein vom Boden aufsteigender Trockeneisnebel halb einhüllte. Er blickte in die Kamera und bot sein ganzes königliches Flair auf.

Grandpa Fred verzichtete auf Bela Lugosis Akzent. Er vertrat die Ansicht, daß Grandpa Fred zwar Draculas Cousin war, aber aus Dubuque, Iowa, stammte. Schon, weil der einzige Akzent, den er einigermaßen zustande brachte, der mexikanische war; und der würde ja hier nun wirklich nicht passen.

»... und heutige Folge ist so gänsehauterzeugend, daß die Leute, die sie sahen, als sie vor zwölf Jahren zuerst im Theater gespielt wurde, erst jetzt wieder mühsam lernen, einfache Sätze zu sprechen und wieder feste Nahrung zu sich zu nehmen! Ja, wirklich! Das ist wahre Gänsehauterzeugung, und zum Glück haben Sie hier Ihren Grandpa Fred vor und bei sich, und –«

Er hob erwartungsvoll den Blick. Hier war ein spezieller Geräuscheffekt vorgesehen.

Doch nichts geschah.

Billy sah, daß sich Grandpa Fred aufrichtete – er ging ganz aus der Rolle – und sich vorwurfsvoll der Regiekabine zuwandte. »Was ist? Wo bleibt das schauerliche Stöhnen?«

Der Regisseur hinter der Scheibe antwortete über die Sprechanlage: »Das was?«

Grandpa Fred schlug sich an die Stirn. »Das schauerliche Stöhnen! An dieser Stelle soll aus dem Hintergrund schauerliches Stöhnen kommen. Ich sage darauf: ›Ach, Renfield! Du willst wieder Fliegen haben, wie?‹ und gehe zur Tür da hinten und mache sie auf.«

»Richtig, Fred! Tut mir leid!« sagte der Regisseur. »Kann mal irgendwer das Band mit dem Stöhnen bringen?«

Grandpa Fred, die kopfschüttelnde Ungehaltenheit in Person, setzte sich inzwischen irgendwo hin.

Billy lief zu ihm, um ihn wieder etwas aufzumuntern.

»*Hi*, Fred! Wie geht's? Hat mir sehr leid getan für Sie, als ich von Ihrer neuen Sendezeit hörte. Ich halte das ja auch für einen großen Fehler.«

»Einen Fehler?« grummelte Grandpa Fred. Keine Spur von seiner Emphase in seiner Rolle war mehr übrig. »Junge, das ist eine Katastrophe! Ein Desaster! Leuten, die um halb vier Uhr nachts fernsehen, gruselt es doch nicht vor dem Wolfmenschen! Das einzige, wovor diesen Leuten graust, ist doch, daß sie nüchtern werden und arbeiten müßten!«

»Genau«, pflichtete Billy ihm bei. Dann fiel ihm ein, warum er gekommen war, und seine Miene hellte sich auf.

Er holte eine mechanische Fledermaus aus seiner Tüte. Er hatte sie in einem Krimskramsladen auf der Columbus Avenue gekauft. Als er vor einem Jahr hier angefangen hatte, war Fred Stignakowski praktisch der einzige im ganzen Haus gewesen, der sich mit ihm angefreundet hatte. Als er von dieser blöden Sendezeitverschiebung gehört hatte, wollte er etwas tun, um ihn ein wenig darüber hinwegzutrösten.

Als er die Flügel der Fledermaus flattern ließ, riß Grandpa Fred die Augen weit auf und hielt schützend die Arme vor sich.

»Vorsicht mit dem Ding!«

Billy stand auf und stellte die Fledermaus auf das spinnwebenüberzogene Fernsehgerät hinter dem Sarg.

»Ich dachte, sie würde sich hier ganz gut machen.«

»Wissen Sie, Junge«, sinnierte Fred Stignakowski kopfschüttelnd, »das alles hier war ehrlich gesagt nicht unbedingt, was ich im Sinn hatte.« Und das Gewicht der ganzen Welt lastete sichtbar auf seinen Schultern. »Nachrichten wollte ich machen! Öffentliche Angelegenheiten. Etwas mit Sinn.«

Es betrübte Billy, Grandpa Fred so niedergeschlagen zu sehen. Er war einer der nettesten Menschen, die er je kennengelernt hatte, ein Kerl wie das Salz der Erde, den man sich jederzeit als Inhaber eines Ladens in . . . nun ja, Kingston Falls, vorstellen konnte. Genau, Fred wäre in einer kleinen Stadt mit Sicherheit sehr viel glücklicher, dachte Billy. Diese Riesenstadt hatte ihm doch nur sämtliche Träume seines Lebens zerstört und ihm das Herz gebrochen! Ein Mann, der voller Hoffnungen in den *Big Apple* gekommen war. Er hatte sich die große *Action* erträumt. Und was hatte er bekommen? Ein paar madige Brosamen ins hungrige Maul!

Er suchte nach etwas Tröstlichem, das er sagen könnte.

»Auch Horrorfilme, Fred, können sinnvoll sein! Warum spielen Sie nicht mal einige der großen Klassiker auf diesem Gebiet? Frankenstein. Dracula . . .«

Freds Schultern mit seinem Cape sanken entmutigt nach unten. »Alle großen Horrorfilme sind doch in Schwarzweiß gedreht worden! Aber Clamp mag nur Farbe. Nicht mal irgendeinen Gimmick kriege ich! Keine Spezialeffekte, nichts! Eine Puppe, die aus einer Kiste kommt – wuppi! Toller Effekt!«

Die Stimme des Regisseurs aus der Kabine knallte über den Lautsprecher dazwischen. »Also, Fred, wir haben das Stöhnen!«

»ohhhhhhhuuuOOOOOOOOOOOOOOOOOOO-OOOOOOhhhhmmmmmmmmmmmmmmOO-OOOOOOOOOOOOOOOOOOOOh!« kreischte es sofort danach aus dem Lautsprecher. Ungefähr so gespenstisch wie ein auf ein Kissen gesticktes *Huch*!

Freds Gesicht zeigte einen Ausdruck unendlicher Betrübnis.

»Das soll ein schauerliches Stöhnen sein?«

»Was anderes haben wir nicht, Fred!« beschied ihn der Regisseur leicht beleidigt. Er verlor hörbar allmählich die Geduld. »Also bitte – ab!«

Und Grandpa Fred hastete in seine letzte Position und schlüpfte augenblicklich wieder vollständig in seine Rolle – mit so äußerstem Professionalismus, fand Billy, daß es nur bewundernswert war. Und eben dies tat Billy: Er bewunderte Fred.

Er lief rasch aus der Dekoration.

»Ach, Renfield!« sagte Grandpa Fred. »Also du willst wieder schöne, fette, knackige Fliegen haben? Nun, wir –«

»Uups«, rief der Regisseur dazwischen. »Tut mir leid. Ich habe gar nicht bemerkt, wie spät es ist. Entschuldigung, Fred. Wir machen später von hier ab weiter.«

Fred hob die Arme in stummer Verzweiflung und schüttelte den Kopf, lächelte aber doch milde. Das war es, was Billy an ihm am meisten gefiel. Selbst in den schlimmsten Situationen, selbst wenn er deprimiert wie eine Katze in der Waschmaschine war, konnte Fred immer noch den ironischen Humor in allem erkennen.

Sie gingen zusammen hinaus zur *Mall* des Hauses, um sich einen *Clampburger* zu kaufen.

»Haben Sie ihn schon gesprochen?«

»Wen?«

»Daniel Clamp!«

»Nein, eigentlich nicht... nicht persönlich... Aber sehen Sie sich dieses Haus doch an!« Er machte eine weite allumfassende Geste. »Wissen Sie, was hier alles drin ist an Firmen? Da oben haben sie ein genetisches Forschungslabor. Machen mit Tieren rum und alles mögliche, schneiden sie auf. Letztes Wochenende brachten sie ein neues Patent heraus, für eine neue Rasse Rennmäuse. Und da halten die Leute mich für gruselig!«

»Wissen Sie, ich wollte einfach weg aus Kingston Falls.« Billy sah sich um, als sie die große *Mall* betraten. Das Glas der Atriummauern glitzerte und funkelte über ihnen, an sämtlichen Imbißständen bildeten sich die Mittagspausenschlangen. »Und das habe ich ja wohl nur zu gut geschafft.«

Sie stellten sich am *McClampKing-Burger*-Kiosk an.

»Da haben Sie wohl recht, Junge. Haben Sie schon von diesen Stimmen gehört? Schauen Sie mich nicht so an. Sie wissen doch, daß sie uns die ganze Zeit diesen sogenannten weißen Lärm vorspielen?« Er deutete mit der Hand in eine Ecke, wo sich einer der halbverborgenen Lautsprecher befand. »Das Statikrauschen?«

»Ja, ja. Das machen sie, damit sie die Leute nahe zusammensetzen können, ohne daß sie sich hören. Man soll es gar nicht bewußt wahrnehmen.«

»Eben. Aber wenn man genau hinhört, merkt man, daß es Stimmen darin gibt. Man kann sie fast verstehen, aber nicht wirklich. *Das* ist ein echter Horror-Film. *Das Haus, das nie still ist.*«

»Wozu machen die das?« fragte Billy, während er die Tafel mit dem Speisenangebot kritisch studierte. *Clamp Crispies*? Was war das nun wieder? Aber besser fragte man gar nicht erst.

»So weit ist die Welt eben gekommen, Junge. Nicht mal mehr mit sich selber kann man reden, ohne daß einen einer unterbricht.«

Billy mußte lachen.

»Das ist kein Scherz«, widersprach ihm Fred. »Ich mache wirklich keinen Spaß. Wollen Sie wissen, was ich glaube? Wenn es zuviel Ordnung in der Welt gibt, wenn sie zu sehr eine Maschine wird, ein Uhrwerk – mit anderen Worten, zu sehr wie dieses irrsinnige Clamp Center –, dann rebelliert die menschliche Natur einfach! Vielleicht rebelliert sogar der ganze verdammte Kosmos! Weil nämlich, Billy, das wichtigste im ganzen Leben überhaupt ist: Man muß eine Balance haben.« Er wandte sich der automatisch lächelnden Bedienung zu und bestellte einen *Big Clamp*, dazu *Clamp Crispies* und ein *Clamp Cola*.

»Für mich das gleiche!« sagte Billy. Er wollte die *Crispies* einfach riskieren, aus Neugier. Was das denn nun für Zeug war.

»Balance, Billy, verstehen Sie? Ordnung und Chaos! Nämlich, zuviel Ordnung, und, peng, kommt das Chaos daher und tritt einen in den Hintern.«

»Na, Grandpa Fred, Sie sind mir ja ein ganz schöner Vampir-Philosoph, was?«

»Das können Sie laut sagen, Junge. Aber ich bin noch gar nicht fertig. Wissen Sie, früher gab es diese speziellen sogenannten närrischen Tage. Da konnte man sich dann richtig austoben, und dann war wieder Ruhe. Ich spreche von den unteren Schichten. Männer zogen sich wie Frauen an, Frauen wie Könige. Alle hüpften wie die Irren in den Straßen herum. Und das tat ihnen gut, verstehen Sie? Sie konnten den ganzen Dampf ablassen.«

Er beugte sich vertraulich vor und klopfte mit sanftem, aber nachdrücklichem Zeigefinger auf Billys Brust. »Und jetzt schauen Sie sich mal hier um. Ist das nicht gradezu mit den Händen zu greifen, wie sich hier der Dampf staut?«

»Na ja ...«, meinte Billy zögernd.

»Ich jedenfalls kann es mit den Händen greifen. Und ich spüre es hier!« Er klopfte sich an die Stirn. »Nicht mehr lange, und etwas explodiert. Aber nicht Grandpa Fred, darauf können Sie sich verlassen!«

Zwei eingepackte Burger samt den übrigen Bestellungen wurden vor sie hingeschoben.

Sie trugen sie an einen Tisch. Alle Tische und Stühle hatten Beine in Form des Clamp-C.

»Verstehen Sie, Billy?«

Billy sagte erst gar nichts. Er dachte an Kingston Falls. Immerhin hatte er Chaos in einem Ausmaß erlebt, von dem Grandpa Fred sich nicht einmal etwas träumen ließ.

Auf etwas Ähnliches konnte er nun wirklich gut für immer und ewig verzichten.

»Kann schon sein, Fred!« sagte er schließlich ausweichend und beeilte sich, das Thema zu wechseln. »Also, essen wir.«

Die *Clamp Crispies*, stellte sich heraus, waren ein Gebilde aus Fritten und Zwiebelringen. In C-Form.

Fünftes Kapitel

Falls man hätte sagen können, das *Clamp Center* habe ein Herz, dann hätte dieses Herzstück nur der große Mann persönlich sein können: Daniel Clamp. Seinen Visionen war dies alles hier entsprungen, seinen Träumen, seinem Unternehmergeist. Und seiner Gier. Und vor allem seinem Geld.

Hätte man indessen auf ähnliche Weise das Gehirn bestimmen und benennen wollen, dann hätte man sich tief in die Fundamente des riesigen Bauwerks begeben müssen – in sein »Nervenzentrum«. Dort lief die gesamte elektronische Installation des *Clamp Center* zusammen, von hier ging sie aus, überwacht von Technikern und einer Ansammlung Computern, die dem Kommandodeck von Captain Kirks USS ENTERPRISE alle Ehre gemacht hätten.

Wirklich, mit den ganzen Fluchten von Geräten und Monitoren sah es hier wie im Inneren eines überdimensionierten Elektronikladens aus. Techniker saßen über Meßgeräte, Monitore und Schalter gebeugt und überwachten die Anlagen des ganzen Gebäudes mit der Intensität und Beständigkeit von Fluglotsen. Auf ihren Monitoren war dank raffiniert angebrachten Überwachungskameras auch das Innenleben diverser Abteilungen jederzeit zu beobachten.

Es roch nach High-Tech und Wurstsemmeln.

In diese dunklen unterirdischen Elektronikhöhlen begab sich im Augenblick Frank Forster, selbst dunkel und schlank. Er erinnerte lebhaft an einen Hai, der sich lautlos an seine Beute heranschlängelt. Er schwamm vorbei an all den Technikern und Monitoren, seine Nase erschnupperte etwas von dem Pastrami-Geruch, war aber im Moment nicht daran interessiert, in dieser Angelegenheit zuzuschnappen.

Es gab frischere, blutigere Fleischbeute zu fangen.

Er näherte sich einem Mann, der an der Kontrollkonsole stand. Er hatte vor sich zwei Knöpfe. Der eine war beschriftet mit WEISSER LÄRM, der andere mit SPRACHE.

Forster hielt sich gar nicht erst mit Kleinigkeiten wie Begrüßungsnicken für den Techniker auf. »Die Stimmen«, befahl er nur.

Die Hände des Technikers vollführten eiligst einen Tanz über seine Regler, und über den Lautsprecher kamen die ersten Stimmen. Sie klangen wie unterlegte Sprache in lakkierten Fernsehwerbespots.

Tatsächlich handelte es sich um unterschwellige Botschaften, die im allgemeinen *Weißen Lärm* so eingebettet waren, daß man sie bewußt kaum wahrnahm. Psychologische Hilfsmittel nannte man das. Zur Erzielung glatt und problemlos funktionierender Arbeitsgruppen – und Verbraucher – in einem glatt und reibungslos funktionierenden *Clamp Center*.

»Ich bin ein ehrlicher Mensch und stehle kein Büromaterial für meine privaten Zwecke«, erklärte eine dynamische Männerstimme, der sogleich eine suggestive weibliche folgte: »Wenn ich der Firma Clamp Geld einsparen helfe, fühle ich mich selbst gleich viel besser.« Woraufhin sich eine sehr kultivierte Stimme anschloß: »Ich habe mir das jetzt schon öfter überlegt, Mr. Clamp würde zweifellos einen guten Präsidenten abgeben.«

Frank Forster gestattete sich ein Lächeln. »Sehr schön.« Er wandte sich um und ließ seinen Blick über die Versammlung modernster Technik hinschweifen. Alles funktionierte. Glatt, reibungslos, effizient. Genau, wie er es liebte.

Er hatte sich immer gewünscht, Menschen, ja ganze Gesellschaften würden genauso glatt und effizient und reibungslos funktionieren wie Maschinen. Das war doch mal ein Ziel menschlicher Evolution, aller Ehren wert!

Ein Techniker legte ihm die Hand auf den Arm und riß ihn aus seinen Wunschgedanken. »Ein Ruf für Sie.«

Er drehte sich um. Der Techniker deutete auf einen Monitor, auf dem sich in voller Größe das Gesicht von Daniel Clamp befand.

Frank Forster mußte sich nicht erst zu strammer Haltung aufrichten, er hielt sich stets vorbildlich.

»Ja, Mr. Clamp«, meldete er sich.

»Ich fahre jetzt zu einer Besprechung wegen dieser Vermont-Sache. Sieht so aus, als würde die Übernahme klappen.«

»Freut mich sehr, Sir.«

»Na ja, ganz im Ernst. Wie viele Männer kennen Sie, denen ein ganzer Staat gehört? Hab' ich Ihnen das Bild von den Bergen schon gezeigt?«

»Ja, Sir!« bestätigte Forster. »Ganz groß.«

»Lassen Sie mal, während ich weg bin, die Drehtür am Eingang unten nachsehen. Hat gestern buchstäblich durchgedreht, als ich einige Geldleute hier hatte. Mrs. Tanaka ist jetzt noch schwindlig.«

Forster duckte sich. Jeder kleinste Makel an SEINEM System war wie ein Dorn in seinem Fleisch. »Jawohl, Sir. Ich werde sofort –«

Daniel Clamp war schon wieder weg, verschluckt vom Clamp-Logo.

Forster war mit einem Schlag sauer. Er blickte sich suchend nach irgend etwas um, an dem er seinen Ärger auslassen konnte.

Und er mußte nicht lange suchen.

Auf einem der Monitore sah er über die Schulter des davorsitzenden Technikers auf der Überwachungskamera einen gestreßten Arbeiter, der sich in einem Lagerraum heimlich eine Zigarette anzündete.

Er griff nach dem Schalter und nahm sich das Mikrophon vor den schmalen, dünnlippigen Mund.

»Was Sie da machen, Freundchen«, belferte er, »ist eine unerlaubte Arbeitspause! Sie arbeiten ab sofort nicht mehr hier!«

Der verblüffte Arbeiter sprang vor Schreck fast in die Luft.

Er sah sich suchend um wie ein aufgeschrecktes Tier. Ganz automatisch und geistesabwesend nahm er das *corpus delicti*, seine Zigarette, in den Mund und zog sich eine Portion Nikotin ein. Forster dachte: Sieht aus, als sei dieser Knilch daran gewöhnt, Stimmen aus dem Nichts zu hören. Na um so besser, weg damit. »Was denn, haben wir Kommunikationsprobleme?« bellte er wieder ins Mikro. Er leckte Blut und fand es köstlich. »Sie sind draußen, Mann. Räumen Sie Ihren Arbeitsplatz auf. Sie haben eine Stunde Zeit. Herzlichen Dank für Ihre Mitarbeit.«

Er legte das Mikrofon hin und ging weiter. Bei einem anderen Techniker blieb er erneut stehen. Dieser hatte die Hand eben an einem Schalter mit der Aufschrift SAUERSTOFF.

»Was machen Sie da?«

»Es ist zuwenig Frischluft im Gebäude, Sir«, erklärte der Techniker. Er deutete auf die zitternden Nadeln seiner Meßgeräte.

Forster schniefte leicht. Er überschlug in seinem Taschenrechner namens Gehirn rasch die Kosten. »Um vier, wenn die Aktivität der Leute abschlafft, können Sie Sauerstoff geben.«

Der Techniker, dem derartige Kaltschnäuzigkeit nur allzu vertraut war, sagte achselzuckend lediglich: »Ja, Sir.«

Und sein Sauerstoffschalter blieb unberührt.

Frank Forster nickte beifällig und ging weiter auf Inspektion durch sein ganz persönliches Reich. Er besah sich der Reihe nach alle Bildschirme und Monitore, das hausinterne Fernsehsystem, jeden einzelnen Kipp- und Knopfschalter, und vor allem die weißbekittelten Techniker selbst, diese Roboter aus Fleisch und Blut, die ihm auf den kleinsten Wink mit dem Finger widerspruchslos zu Diensten standen.

Und Frank Forster fand, daß alles gut war.

Oben war eine ganze Halbetage des *Clamp Center* an eine biotechnische Firma namens *Splice of Life Inc.* vermietet.

Es hatte nicht wenige Leute gegeben – Frank Forster selbst nicht ausgenommen –, die ihre Bedenken gehabt hatten, hier im Haus ein Gen-Lab aufzunehmen. Doch Daniel Clamp höchstpersönlich hatte sämtliche Einwände vom Tisch gewischt und die Gen-Leute im Gegenteil ganz offen hofiert.

Die Gerüchte wollten nicht verstummen, daß Clamp mit Hilfe dieser DNS-Ingenieure ähnliche Pläne mit den Menschen habe, wie er sie mit den alten Schwarzweißfilmen schon praktiziert hatte: sie »durch Neubearbeitung zu verbessern«.

Dort oben bei *Splice of Life Inc.* betrat nun ein Hausbote namens Lincoln Johnson den Empfangsbereich am Eingang.

Linc Johnson war auf Botengänge zu *Splice* nie besonders erpicht. Die Leute verursachten ihm Gänsehaut. Auf den ersten Blick sah es bei ihnen zwar nicht anders aus als in jedem besseren New Yorker Büro mit Empfangsbereich – Topfpflanzen, weiche tiefe Teppiche, modische Einrichtung, und als wichtigstes dekoratives Schmuckstück eine schnuckelig hergerichtete hübsche Empfangsdame, genannt Sekretärin –, aber von ein bißchen weiter hinten drangen seltsame Geräusche hervor. Geräusche von Tieren. Quieken. Kreischen. Knurren. Heulen. Scharren. Hecheln. Stöße. Und einmal hatte er sogar einen richtig erstickten Würgeschrei vernommen! Verflixt, da mußte es jedem kalt den Rücken runterlaufen.

Diesmal war die Empfangssekretärin gerade nicht an ihrem Platz. Und die Tür nach hinten stand einen Spalt offen. Er konnte nicht widerstehen und riskierte einen Blick.

Was er sah, ließ seine Augen schreckensgroß werden.

Er blickte direkt ins Labor. Phiolen blubberten und Bunsenbrenner brannten. Computer arbeiteten und Retorten rüttelten. Das Ganze war derart High-Tech, daß der ganze Rest dieses hochtechnisierten Gebäudes wie ein alter Wohnschuppen in der Süd-Bronx dagegen wirkte. Da und dort diskutierten Forscher in ihren Laborkitteln in Gruppen, und die ganzen seltsamen Gerätschaften um sie herum ließen die Szenerie aussehen wie eine Dekoration von einem fremden Planeten in einem Science-fiction-Film. Und überall Käfige, durch die Kaninchen, Ratten und Affen ihre Nasen zwängten.

Noch etwas gab es da, und es bewirkte, daß Lincs Gänsehaut mindestens doppelt so stark wurde, wie sie schon war.

Eine Melodie.

Ein Lied. Es erhob sich aus dem Tohuwabohu des übrigen herrschenden Lärms wie eine Flöte über dem Orchester, das eine kakophonische Symphonie spielt.

Es war ein trauriges Lied – in Moll. Es senkte sich schwer und unwiderstehlich in seinen Geist und blieb dort. Ganz unbewußt begann er es mitzusummen. Dann merkte er sogar, daß er es mitpfiff, und es gefiel ihm, wie es ihm von den Lippen ging.

»Kann ich etwas für Sie tun?«

Er fuhr herum. Peggy, die Empfangsdame, kam raschen Schrittes auf ihn zu.

Er deutete leicht verlegen auf sein Paket. »Ja, das hier hätte ich abzuliefern ...«

Peggy schloß die Tür zum Labor und ging ihm voran zu ihrem Platz, wo sie den Empfang quittierte.

»Was machen die da drinnen eigentlich?« fragte er.

»Wir dürfen nicht darüber reden.«

»Das Paket ist für Doktor Catheter.«

»Ja, ja, ich quittiere schon für ihn.«

Die hübsche schnuckelige Empfangs-Peggy schien ziemlich verschnupft zu sein – buchstäblich. Sie zog sich ein rosa Kleenex aus einer Packung und schneuzte sich. Dann unterschrieb sie und reichte ihm sein Klemmbrett zurück.

Er riß ihr den Durchschlag heraus und gab ihn ihr. »Das ist die Kopie für Sie. Vielen Dank.«

Komisch, dieses Lied ging ihm nicht mehr aus dem Kopf. Er pfiff es in einer Tour weiter, den ganzen Weg aus den

Büros von *Splice of Life Inc.* Und ehrlich gesagt, er war froh, wieder wegzukommen. Wirklich, die Leute jagten einem einen ganz schönen Schrecken ein.

Dr. Cushing Catheter, leitender Wissenschaftler der Firma *Splice of Life Inc.*, kam vom Essen zurück. Er war guter Stimmung. Das Leben konnte ziemlich schön sein, dachte er. Speziell, wenn man es sezierte ...

Er hatte einen geschmeidig federnden Gang und betrat die Räumlichkeiten der Firma mit dynamischer Energie, bereit zu neuen Taten im Reiche der Abenteuer der Biologie!

Analyse! Erforschung! Die wirklich letzte Grenze war nicht der Weltraum. Es waren die Zellräume, die Kräfte, die in den Genen webten und wirkten, die intergenetischen Wirksamkeiten mit ihren grenzenlosen Mysterien des Lebens!

»O Doktor Catheter«, flötete ihm Peggy von ihrem Platz entgegen, »da ist etwas für Sie gekommen.« Sie überreichte ihm das Paket.

Er nahm es eifrig und hastig. »Gut, sehr gut. Das könnte meine Malaria sein.« Er öffnete und holte ein Reagenzglas heraus. Er besah sich das Etikett. »Nein, doch nicht. Es ist nur die Tollwut. Tollwut habe ich doch schon! Und diese Woche sollte ich auch noch die Grippe bekommen!«

»Die Grippe, glaube ich, ist schon bestellt«, sagte Peggy und holte sich wieder eines ihrer rosa Kleenextücher aus ihrer Packung, um sich zu schneuzen.

Hm, dachte Catheter. Warum nicht gleich ...? Könnte einen Versuch wert sein. Er streckte seine Hand aus. »Geben Sie mir das, Peggy?«

Sie war etwas überrascht, aber gehorsam. »Ja, bitte ...«

Catheter nahm das benützte Taschentuch mit in sein Labor. Wer brauchte eine Bestellung, wenn man absolut frische Viren aus sozusagen erster Hand zur Verfügung hatte?

Er betrat seine eigene kostbare Welt von Retorten, Bakterienkulturen, Proben und Spritzen.

Ah! Der süße Geruch von Krankheit, vermischt mit Desinfektionsalkohol! Der Geruch der Spaltung der Bausteine des Lebens! Die Materie Leben selbst auf dem eigenen Seziertisch! Sein Leben für die Wissenschaft! Analyse! Sektion!

Er lächelte. In seinen Augen glomm eine innere Glut. Er ging an den Käfigen entlang, besah sich seine diversen Variationen der Themen »Ratte« oder »Kaninchen« oder »Affe«. Die Tiere sahen ihn so aufmerksam an wie er sie. Einen Moment lang hatte er das Gefühl, in ihren Blicken stünde der blanke Haß. Es war ein unangenehmes Gefühl. Er verdrängte es sofort. Nein, nein, ganz im Gegenteil. Es waren Blicke der Liebe! Denn er, Dr. Catheter, vollbrachte schließlich die wundervollsten Dinge für ihre Arten! Zumindest wurden diese Exemplare durch die Metallplatten und Drähte und das Plastik, an dem sie hingen, zu wirklichen Musterexemplaren ihrer Arten und ihrer Neufassung!

Er ließ seinen Blick voller Stolz über sein Labor schweifen. Mit Befriedigung stellte er fest, daß Wally Murphy, sein Assistent, intensiv an der Arbeit war.

Murphy hatte wie üblich einen blutbefleckten Laborkittel an und war eben dabei, angestrengt durch das Okular eines hochentwickelten Elektronenmikroskops zu blicken.

Dr. Catheter ging zu ihm. Das fluoreszierende Licht an Wallys Arbeitsplatz flackerte.

»Hallo, Wally«, sagte er, »Ihr Licht flackert schon wieder.« Er betonte seinen britischen Akzent kräftig, um seine Autorität zu unterstreichen.

Wally Murphy blickte hoch. Seine Augen zwinkerten im gleichen Rhythmus wie das flackernde Licht. »Tatsächlich?«

Catheter ging zu einem der Tische, auf dem eine Kollektion Gemüsepflanzen stand, an denen Sammelröhrchen hingen, die zu einer zentralen Glasphiole führten. »Was macht eigentlich unser Gemüsegarten hier?« fragte er. »Ich habe noch mal mit den Leuten von Bird's-Eye gesprochen. Sie sind ziemlich begeistert.«

Murphy seufzte und kratzte sich das bekleckste Gesicht,

jeder Zoll ein gestreßter Forscher. »Gestern waren wir schon nahe dran. Aber sie haben die Pigmente abgestoßen.«

Catheter nickte ihm aufmunternd zu. »Aber Sie kriegen das hin, Wally, was?«

»Ja, aber dieses Fledermausprojekt ist mir fast noch lieber«, sagte Murphy. Seine Miene hellte sich auf, als Catheter ihm zu den Tierkäfigen voranging. »Wenn man sich vergegenwärtigt, daß es in manchen Gegenden der Welt Millionen Fledermäuse gibt... Wie man die als Boten einsetzen könnte... wie Brieftauben...«

»Schon, aber sie werden ja nur nachts aktiv.«

»Genau daran arbeiten wir ja, Sir«, sagte Murphy, dem es offensichtlich immer mehr Genugtuung bereitete, sich mit diesem Projekt bei seinem Chef ins rechte Licht setzen zu können.

Sie kamen zu einem Käfig, in dem eine schlafende Fledermaus kopfunter hing, an einem intravenösen Tropf. Das Etikett der Nährlösungsflasche zeigte ein Sonnenlogo.

»Das hier ist eine Nährformel aus Vitaminen, Hormonen und einer marokkanischen Sonnenschutzlotion. Diese Fledermäuse werden bald nicht mehr lichtempfindlich sein. Schauen Sie.«

Er schaltete helles Licht über dem Fledermauskäfig ein. Doch das kleine Wesen streckte sich nur genüßlich und wärmte sich an dem Licht wie eine schnurrende Katze im Körbchen.

In den Mundwinkeln Catheters zeigte sich ein Anflug von Lächeln. »Sehr schön!« Er war sehr groß, und seine ganzen Gesichtszüge wirkten wie in die Länge gezogen. Dazu seine schiefen Zähne – es fehlte nicht viel, ihn für Dracula aus einem Horrorfilm zu halten. In seinen Augen glomm wieder eine Art moderiges Licht auf. »Einige Arten ernähren sich doch von Blut, nicht wahr?«

Wally Murphy schreckte fast hoch. »Nein, nein, Doktor, die hier nicht. Das ist eine andere Art. Eine südamerikanische.«

Dr. Catheter schien etwas enttäuscht zu sein. »So? Na ja, ist ja auch egal. Trotzdem gute Arbeit, natürlich.«

Er wollte gerade weitergehen, als ein kleingewachsener Kollege zu Murphy kam. »Wally, können Sir mir mal mit einigen Wachstumshormonen aushelfen? Mir sind sie ausgegangen.«

Catheter verstand den Witz nicht. Er hatte keinen Sinn dafür. Er hatte auch ganz andere Dinge im Kopf! Er ging zur anderen Seite des Labors. Es gab so eine Menge zu kontrollieren, mit allen anderen Forschern zu besprechen!

Zwischen weiteren Käfigen und Versuchsretorten und in einem scharfen Geruch nach Tierfellen und Ausscheidungen waren zwei Wissenschaftler sichtlich angestrengt bei der Arbeit. Der eine wandte ihm den Rücken zu. Beide waren ziemlich klein.

»Hallo, Lewis«, sagte er zu dem, der ihm entgegenblickte.

»*Hi*, Doktor!« antwortete Lewis, ein Mann von heiterem Naturell, der aussah wie Buchwald.

»Wie kommt ihr mit dem Klonen voran?«

Der andere namens Martin wandte sich ihm nun ebenfalls zu. Er war seinem Kollegen wie aus dem Gesicht geschnitten, der an Buchwald erinnerte.

»Wirklich gut, Doktor«, antworteten beide unisono.

Sie waren Zwillinge und redeten und dachten gleich, als hätten sie ein gemeinsames Gehirn.

»Sehen Sie doch mal hier, Doktor –«

»– das interessiert Sie bestimmt!«

Sie gingen zusammen den Mittelgang entlang, und auf einmal bemerkte Dr. Catheter – zum erstenmal – bewußt die Mollmelodie, die beständig durch das Labor klang. Bisher war sie fast zugedeckt gewesen von dem üblichen Wagnerschen *Walkürenritt*, der einem beständig das Gehirn vollhämmerte.

Auf einem Labortisch stand ein zugedeckter Käfig. Martin nahm das Tuch weg.

Dr. Catheter zog seine engen, dünnen Brauen hoch.

In dem Drahtgitterkäfig saß etwas, das ihm mit dem intelligentesten Blick entgegensah, den er je von irgendeinem Tier gesehen hatte. Es sah irgendwie aus wie der lebendig gewordene Traum eines Spielzeughändlers. Eine sehr seltsame, aber überaus putzige Kreatur mit entzückenden langen Ohren, winziger Knopfnase, ausdrucksvollem kleinem Mund und feuchten traurigen Äuglein. An seinem Arm hatte es ein schwarzes Band, als sei es in Trauer. Vermutlich ein Identifizierungsband von einem anderen Labor.

»Offensichtlich irgendeine Nagetierart«, meinte Lewis.

»Und es verträgt kein helles Licht«, ergänzte Martin.

»Passen Sie auf!« sagte Lewis. Er öffnete die Käfigtür und rückte einen Lautsprecher von einem Kofferradio näher hin und schaltete ein. Flotte Tanzmusik erklang.

Sofort hellte sich die Betrübnis der kleinen Kreatur auf. Sie sprang heraus und begann lebhaft nach der Musik zu tanzen.

Catheter runzelte die Stirn. »Bißchen verspielt, wie?« meinte er und beobachtete das kleine Wesen mißtrauisch. »Das könnte genetisch ...«

Als er wieder auf das kleine Tier blickte, bemerkte er, wie es eben dabei war, den Tisch entlangzuhuschen. Ganz klar ein Ausreißversuch.

»Nicht so hastig, Freundchen!« sagte Martin aber schon und schaltete die Musik ab, während Catheter das Tierchen faßte und festhielt. Es fühlte sich weich und warm an. Wie ein angewärmtes Plüschtier. Er schob es nachdrücklich in seinen Käfig zurück und runzelte die Stirn.

»Was ist los mit euch beiden?« fragte er seine Assistenten. »Das Ding wäre euch beinahe weggelaufen!«

»Entschuldigung, Sir«, sagte Martin.

»Was wollt ihr mit ihm anfangen?«

»Morgen erst mal eine Zellprobe«, antwortete Lewis.

»Am Donnerstag dann Gewebeproben«, ergänzte Martin.

»Und dann der Körperbau natürlich«, gab Catheter zu bedenken. Er lächelte ein wenig. »Und dazu, lieber kleiner Freund, werden wir dich wohl aufschneiden müssen.«

Sechstes Kapitel

Billy war zu beschäftigt, um den Boten zu bemerken, der gerade an seinem Platz vorbeikam und etwas vor sich hinpfiff, was ihm bekannt vorkam. Er war noch immer sauer darüber, daß er angewiesen worden war, in seinen Entwurf des *Clamp Chinatown Project* Bäume einzuzeichnen, wo in Wirklichkeit gar keine hinkommen sollten. Sie dachten gar nicht daran, auf so wertvollem Grund und Boden Bäume zu pflanzen.

Er tat, was er immer tat, wenn er ärgerlich war: Er sprach mit Kate. Er versuchte sie jedenfalls auf sein Videophon zu bekommen, und immerhin bekam er sie so, daß sie noch aussah wie eines von Picassos eher abstrakten Frauengesichtern.

»Und da sagt sie mir, ich soll da noch Bäume –«, sagte er eben. Plötzlich ging das Licht aus.

Ein verdammter Mist nach dem anderen heute!

»Bei mir ist das Licht ausgegangen«, sagte er zu Kate.

Kate antwortete bildschirmverzerrt: »Hüpf.«

»Was soll ich?«

»Du hast zu lange stillgesessen. Das Haus glaubt, du bist schon weg. Es schaltet automatisch ab. Energiesparen, verstehst du? Du mußt etwas herumhüpfen.«

Billy stand achselzuckend auf und hüpfte einmal links, einmal rechts. Das Licht ging wieder an. Die Vibrationen seines Hüpfens hatten jetzt das Videophon abgeschaltet.

»Hier funktioniert doch auch gar nichts!« schimpfte er und wählte Kate wieder an. In diesem Moment kam der Bote wieder vorbei, diesmal näher bei ihm, und er hörte sein Pfeifen jetzt laut und deutlich.

Und dann erkannte er die Melodie mit einem Schlag. Es war, als hätte jemand einen Eimer eiskaltes Wasser über seinen Kopf gegossen und ihm gleich darauf einen kräftigen Stromschlag verpaßt.

Gizmos Lied!

Gizmos trauriges, melancholisches, betrübtes, wunderschönes Lied!

Er fuhr herum und faßte den Boten am Ärmel. »He, Augenblick! Wo haben Sie das gehört?«

»Hä?«

»Diese Musik. Wo haben Sie die gehört?«

»Ja, äh –« Der Bote summte die Melodie wieder. »Das, meinen Sie? Ist das nicht eine Nummer von Sting?«

»Nein, es ist keine Nummer von Sting.« Billy war ungehalten und hartnäckig. »Denken Sie nach. Wo haben Sie –«

Dem Boten fiel es ein. »Richtig, ja, jetzt weiß ich's! Oben bei denen in dem Labor, wissen Sie, im siebzehnten. Da hat das irgendwer gesummt.«

»Wer? Haben Sie gesehen, wer?«

»Nein. Nein, das war ganz hinten irgendwo.«

Gizmo war hier!

Gizmo, der Mogwai!

Aber bei *Splice of Life*? Er hatte genug Horrorgeschichten von den Wissenschaftlern gehört. Geschichten von Tierschreien und verrücktem Gelächter wahnsinniger Wissenschaftler, das durch die verschlossenen Türen drang. Geschichten von solcher Schrecklichkeit, daß man darüber die Sprache verlieren konnte und keine feste Nahrung mehr behielt.

Er ließ den verdutzten Boten einfach stehen und rannte los. Er stürmte hinauf zu den Räumlichkeiten der Firma *Splice of Life* und hoffte gegen jede Hoffnung, daß er rechtzeitig kam und Gizmo retten konnte, bevor seinem guten, lieben alten Freund irgend etwas zustieß.

Er hatte sich auf dem Weg nach oben überlegt, was er erzählen wollte.

Er kam zum Empfang von *Splice of Life* mit einer Werkzeugkiste, die er sich unterwegs irgendwo einfach geschnappt hatte.

»Tach«, grüßte er die Empfangs-Sekretärin, »soll hier den Kopierer richten.«

»Ach ja?«

»Klar. Irgendeiner hat angerufen. Wo habt ihr sie denn stehen?«

Peggy deutete verwundert nach hinten. »Dort.«

Sie hatte auf die Labortür gedeutet. Billy tippte sich an eine imaginäre Mütze und ging rasch hinein.

Der strenge Geruch vieler Labortiere in Käfigen warf ihn fast um. Dazu kam noch der Gestank aller möglichen Chemikalien. Er sah die ganzen Gerätschaften und die langen Reihen von Käfigen, und sein Herz wurde ihm sofort schwer von dem Anblick der armen Versuchstiere. Und der schlimmste Gedanke von allen war, daß auch Gizmo hier war. Die versammelte Angst der Kreaturen hing förmlich in der Luft, man konnte sie riechen. Und ein Teil davon, ein Teil dieses Schreckens, konnte auch Gizmo befallen haben!

Er konzentrierte sich wieder auf seine Rolle und schleppte seinen Werkzeugkasten zum Fotokopiergerät. Er öffnete der Form halber die Seitenwand und spähte hinein. Damit es echter wirkte, griff er sich einen Schraubenzieher und tat so, als würde er arbeiten. Dabei bemühte er sich, das Gespräch der beiden Labortechniker mitzuhören, die im Raum waren. Sie waren unverkennbar Zwillinge und sahen Buchwald ähnlich. Einer hielt eine der großen weißen Ratten, wie sie in allen Labors massenhaft verwendet wurden, am Schwanz hoch, während der andere mit einer Injektionsnadel, auf der sich ein Blitzsymbol befand, in ein Käsestückchen stach. Bei ihnen stand noch ein weiterer Wissenschaftler, offenbar eine Art Chef. Er stand einfach nur dabei.

Dann sagte einer von den verrückten Zwillings-Wissenschaftlern: »Das ist die interessanteste bioelektrische Arbeit, mit der ich mich jemals befaßt habe, wirklich! So, mein Junge, jetzt geht's los...!« Und damit gab er der Ratte ein wenig von dem präparierten Käse zu fressen.

»Wenn man sich vorstellt... Millionen Ratten in New York, und jedermann haßt sie...«

»Aber wenn jede einzelne ein Kofferradio einen ganzen Monat lang mit Energie versorgen könnte...«

Und damit setzte der andere, der das gesagt hatte, den Sockel einer Glühbirne auf das Fell der Ratte. Und sie leuchtete schwach auf!

Der hagere, ältere Wissenschaftler faßte die Ratte an. Und ein Funke sprang auf seinen Finger über! Er zuckte zurück, sichtlich überrascht von dem unerwarteten Schlag, aber doch sehr zufrieden. »Eindeutiger Fortschritt, Leute!« sagte er. »Wir müßten es nur noch schaffen, daß man keinen Schlag kriegt, wenn man sie anfaßt!«

Großer Gott, was trieben diese Leute da eigentlich?

Es war keine Zeit zu verlieren. Wenn Gizmo, der Mogwai, hier war, dann mußte Billy den armen Kerl schnellstens finden, ehe diese Bande sich an ihm vergriff!

Und eben in diesem Moment hörte er Gizmos Lied. Sehr schwach zwar nur, aber unverkennbar. Gizmo war wirklich hier!

Er arbeitete sich unauffällig weiter und ging der Stimme Gizmos nach. Sie wurde immer lauter, je weiter er sich zwischen den Käfigen bewegte. Er antwortete mit einem Pfeifen. Er hob die Decke eines Käfigs und schreckte entsetzt zurück. Eine riesige haarige Spinne war darin.

Er suchte weiter. Affen keckerten, als er vorbeiging.

Gizmos Gesang wurde immer lauter. Und jetzt sang er in Dur! Also wußte er, daß Billy hier war!

Es kam aus dem zugedeckten Käfig dort drüben! Als er sich ihm näherte, erblickte er das Sortiment scharfer Skalpelle und anderer chirurgischer Instrumente, die auf einem Filztuch neben dem Käfig bereitlagen.

Was hatten die denn mit Gizmo vor?

Und im nächsten Moment wußte er genau, was er zu tun hatte. Er drehte sich um und ging den Weg zurück, den er gekommen war. Er öffnete die Käfige der keckernden Affen, die augenblicklich heraussprangen und in einem ganzen Rudel den Gang entlangrannten und dabei Schalen und Phiolen umwarfen und in ihrer Panik ein wüstes Durcheinander anrichteten.

Billy war inzwischen rasch zum Fotokopierer zurückgeeilt und fuhr dort überrascht und unschuldig von seiner Arbeit hoch.

»Theodor!« schrie einer der Buchwald-Klons, als er einen der herumtobenden Klammeraffen erblickte. »Was machst du denn hier draußen?«

»Alvin!« rief sein Zwillingsbruder einen anderen Affen an. »Leg sofort das DNS weg!«

Und beide hasteten hinter den Affen her, um sie einzufangen. Sie vergrößerten das Durcheinander damit nur noch.

Billy war schon wieder bei Gizmos Käfig, griff ihn sich, steckte ihn in seinen Werkzeugkasten und machte, daß er aus dem Labor kam.

Er hastete in die nächste Herrentoilette und lehnte sich schwer atmend an die geflieste Wand. Dann erst stellte er den Werkzeugkasten auf eines der Waschbecken und öffnete ihn.

»Gizmo!« sagte er, und in seinem Inneren tobte ein Sturm der Gefühle, die er für das kleine pelzige Wesen empfand. Besonders, wenn er sich daran erinnerte, was sie schon alles zusammen erlebt hatten.

Und Gizmos Gesichtsausdruck, der schier zerschmolz, drückte klar aus, daß es dem Kleinen ganz genauso erging.

Ein junger Mann und sein Mogwai!

»Na, du?« sagte Billy schließlich, »hast du mich wenigstens vermißt?«

Gizmo tat schüchtern, rollte seine feuchten, so lebhaften Äuglein und wich scheu zurück, ganz Ängstlichkeit und

Zurückhaltung. Doch dann hörte er abrupt damit auf und ließ sich einfach mit offenen Armen auf Billy fallen.

»Billl... iiiiiiiiiiiiiiiiiieee!« zwitscherte er voller Freude und Entzücken.

Billy kicherte. »Genau. Ich freue mich auch!« Er setzte Gizmo auf ein Handtuchregal. »Setzen wir dich lieber da rauf. Damit du auch wirklich kein Wasser abkriegst.«

Gizmos Zwitschern als Antwort signalisierte, daß er damit voll und ganz einverstanden war.

»Sag mal, Gizmo, was haben die Kerle da drin mit dir gemacht?«

Der Ausdruck, der daraufhin über Gizmos Gesicht huschte, war ein einziger Schrecken.

Billy machte es ihm nach. »So schlimm? Wie bist du denn da überhaupt hineingekommen? Was ist mit Mister Wing passiert?«

Gizmo blickte ihn traurig an und deutete mit seinem kleinen Fingerchen auf seinen Trauerflor am Arm.

Der arme Mister Wing war also gestorben. Nun ja, er war immerhin schon sehr, sehr alt gewesen. Und irgendwann traf es ja nun uns alle. »Oh, das tut mir leid. Aber immerhin...«

Näher kommende Schritte unterbrachen ihn. Im Vorraum der Toilette hallten Stimmen.

»Schnell – wieder rein da!«

Gizmo hatte sichtlich wenig Lust, wieder in den Werkzeugkasten zu gehen. Billy packte ihn und steckte ihn hinein. Gizmo zwitscherte protestierend.

»Psssst! Dauert doch nicht lange!«

Billy schob den Werkzeugkasten beiseite, drehte den Wasserhahn auf und begann sich intensiv die Hände zu waschen.

Hinter ihm klickten Schritte auf den Bodenkacheln. Eine überbordende Präsenz näherte sich. Er drehte sich nervös um und spritzte dabei eine tüchtige Menge Wasser aus dem Becken und auf die glänzenden Schuhe des Mannes.

Es war Mister Forster! Und sein Blick konnte Lava aus zehn Meilen Entfernung einfrieren!

»Sie haben meine Schuhe naßgespritzt, Peltzer«, bellte er.

O Gott! Nicht doch! Billy riß hastig ein Papiertuch von der Rolle an der Wand und machte sich daran, Forsters Schuhe trockenzureiben. »Entschuldigen Sie, Sir. Ich werde –«

»Lassen Sie das, Peltzer. Kommen Sie mit.«

Billy nahm den Werkzeugkasten und folgte Forster in den Vorraum, wo einer von Forsters Assistenten mit einem Klemmbrett in der Hand wartete.

Forster deutete auf das Schild an der Tür. »Wissen Sie, was dieses Zeichen bedeutet, Peltzer?«

Es war ein Piktogramm eines Mannes.

»Herrentoilette.«

»Was hat der Mann in der Hand?«

»In der Toilette?«

»Nein, Sie Idiot! Auf dem Schild!«

Billy besah es sich näher. Tatsächlich! Das hatte er bis jetzt gar nicht gesehen. »Ach ja. Ein Aktenköfferchen, Sir.«

»Richtig. Weil dies hier nämlich der Waschraum der leitenden Angestellten ist. Und soweit mir bekannt ist, gehören Sie nicht hierher, oder, Peltzer?«

»Das ist schon richtig, ja. Ein Versehen.«

Forster zog sein Ledermäppchen heraus, entnahm ihm seinen Lesegriffel und fuhr damit über Billys Namensschild. Dann drückte er auf einen Knopf, und der Ausdruck kam heraus. Er riß ihn ab und besah ihn sich.

»Verspätungen«, las er laut vor, »schon andere unzulässige Waschraumbenützungen ... und, lieber Gott, eine ganze Latte andere Strafpunkte!«

Billy senkte schuldbewußt den Kopf.

In seiner Hand rüttelte der Werkzeugkasten plötzlich.

»Was haben Sie denn da in diesem Kasten, Peltzer?«

»Das ist ein Künstlermalkasten.« Er schüttelte ihn selbst und hoffte, daß Gizmo verstand. »Damit mische ich meine Farben.«

»So? Aber doch wohl nicht Clamp-Farben, wie?«

»Aber nein, Sir, selbstverständlich nicht. Habe ich unten im Künstlerbedarf auf der Mall für mich privat gekauft. Wenn Sie die Quittung sehen wollen?«

Forster fixierte ihn eindringlich, und einen Augenblick lang fürchtete Billy, er durchschaue seinen Bluff. Doch dann sagte er nur:

»Also gut, aber halten Sie sich in Zukunft etwas besser an die Vorschriften, Mr. Peltzer!«

»Ja, Sir.« Billy wich zurück und beeilte sich, rasch den Korridor entlang davonzukommen.

Forster blickte ihm nach und wandte sich an seinen Adlatus. »Tja, Reynolds, ich glaube, unsere ganz zufällige Drogensuche dürfte doch interessant werden.«

Reynolds machte sich Notizen. »Es ist vorgemerkt, Sir.«

Forster lächelte. *Er* ist vorgemerkt, dachte er.

Siebtes Kapitel

Kaum war er an seinem Platz, schob Billy Peltzer eiligst den Werkzeugkasten unter seinen Arbeitstisch. Er sah sich erst um, ob ihn jemand beobachtete, dann steckte er seine Hand hinein und setzte den unglücklichen Mogwai rasch auf eine Schublade seines Tisches.

»Aber du mußt still sein, Gizmo! Du willst doch bestimmt nicht wieder in dieses Labor zurück?«

Gizmo seufzte und murmelte zögernd seine Zustimmung.

»Bald fahren wir sowieso heim –«

Ein scharfes Atemziehen hinter ihm schreckte Billy auf. Seine Nerven flatterten tüchtig. Er hatte schon den totalen Verfolgungswahn. Er warf die Schublade hastig zu und blickte auf.

Die Aufmerksamkeit aller war direkt nach vorn zum Eingang gerichtet, wo ein ganzer Ballen Unruhe sich auf ihn zubewegte.

Wie die Herolde vor einem König kamen zwei Leibwächter voraus, die Beschützer des großen Magiers.

Und hinter ihnen her kam auf dem weichen Teppich kein Geringerer als Daniel Clamp in voller Lebensgröße und höchsteigener Person.

Er bewegte sich lässig in seinem Bironi-Anzug. Der Geruch von teurem Herrentoilettewasser umwehte ihn. Und natürlich vor allem das unvergleichliche Aroma namens Reichtum. Das berühmte Kinn reckte sich herrisch und selbstbewußt unter einem nicht minder selbstbewußten Lächeln.

Sein Kopf ging hin und her und inspizierte das Großraumbüro so, wie ein Kapitän seine Mannschaft mustert.

Großer Gott! dachte Billy. Daniel Clamp sah direkt zu ihm her! Kam er etwa zu ihm! Etwa – und seine Paranoia erklomm den Gipfel –, um Gizmo zurückzuholen?

Doch ehe Clamp noch eine Chance hatte, in seine Nähe zu kommen, war Marla schon auf dem Gang, um ihren Oberbefehlshaber zu begrüßen, den Boß aller Bosse!

Sie war ganz aufgeregt: roter Kopf und Zähnefletschen und Grinsen. »Mister Clamp, Sir. Ich bin Marla Bloodstone.« Sie zeigte Respekt und war die Unterwürfigkeit in Person. »Ich bin die Abteilungsleiterin hier. Wenn ich irgend etwas –«

Clamps Blick aber ging uninteressiert über sie hinweg, er nahm die sich plusternde Frau gar nicht wahr. »Ja, ja, schon gut.« Er wandte sich an die ganze Belegschaft. »Gehen Sie alle wieder wie üblich an Ihre Arbeit. Kein Grund zur Aufregung. Ich weiß, ich war hier unten bei Ihnen noch nie, aber das wird sich ändern. Ich werde mich von jetzt an um das, was hier gemacht wird, selbst etwas kümmern.«

Und wie zur Demonstration sah er sich in allen Einzelheiten um.

Als er bei Billy war, blieb sein Blick an etwas hängen.

»He! Das ist großartig!«

Er sah direkt auf seinen Chinatown-Entwurf!

Billy drehte sich um und betrachtete seine Zeichnung, während Daniel Clamp näher kam. »Das da?«

Clamp schaute das Bild den Bruchteil einer Sekunde an. »Ja! Sie haben die Quintessenz des Projekts da hineingepackt! Die Kinder mit den Drachen. Prima. Das gibt Wärme. Ich mag Wärme. Wie heißen Sie?«

»Peltzer. Billy – Bill Peltzer.«

Marla sah mit untertassengroßen Augen und Stolz zu – auch etwas Neid war wohl dabei –, wie Clamps Hand nun – wie Michelangelos Gottvater – sich Billy entgegenstreckte.

»Genau das brauchen wir hier.« Er warf einen Blick zurück auf Marla, als spräche er: Dies ist mein geliebter Sohn und auf ihm ruht mein Auge mit Wohlgefallen. »Leute, die kreativ sind! Die was hinstellen!« Er deutete auf die Zeichnung. »Aber lassen Sie die Ulmen lieber weg. Die Leute denken Ulmen, holländisch, Krankheit...«

Plötzlich rüttelte Billys Arbeitstischschublade. Sie ging auf.

Gizmo!

Billy schob sie hastig wieder zu.

»Was ist mit dieser Schublade los?« fragte Clamp.

»Oh, das ist..., das ist automatisch«, erklärte Billy. »Sie geht ab und zu von selbst auf, für den Fall, daß man etwas braucht.«

»Nanu? Davon habe ich auch noch nichts gehört«, sagte Mr. Daniel Clamp, nickte wohlwollend und entfernte sich wieder. Die Audienz in Billys Abteilung war beendet.

Marla kam herbei, hatte glänzende Augen und eine ganz neue Wertschätzung für Billy Peltzer. »Habt ihr das gehört? Leute, die kreativ sind, die was hinstellen! Ich arbeite hier schon sechs Jahre und habe ihn heute das erste Mal persönlich gesehen!«

»Tja«, sagte Billy. »Mein Entwurf gefällt ihm.«

»Das ist wirklich toll, Billy! Das kann der Einstieg in eine große Karriere sein!« Sie musterte ihn. »Für uns beide!«

»Meinen Sie?«

»Aber sicher! Wir können uns darüber beim Essen noch näher unterhalten.«

»Das klingt wunderbar. Das läßt sich sicher mal machen.«

»Gleich heute abend«, bestimmte Marla autoritär.

»Nein, heute geht nicht. Ich muß –« Was er *mußte*, war natürlich Gizmo. Von Kate gar nicht zu reden. »– zu einer Verabredung.«

»Auch ich habe heute abend schon etwas vor, Billy. Ich wollte noch eine Broschüre für den Clamp-Kabelkanal machen. Das ist eine so brandeilige Sache, daß es eigentlich schon gestern fertig sein mußte. Aber wissen Sie was? Ich lasse es einfach liegen, damit wir zusammen essen können!«

»Ja, aber ich glaube trotzdem nicht, daß ich –«

Und die Schublade rüttelte wieder.

»Was ist denn das mit dieser Schublade?« fragte Marla. »Ich kenne ja nun wirklich jedes einzelne Stück in dieser Abteilung. Aber sich automatisch öffnende Schubladen haben wir bestimmt nicht.«

»Na ja, ich bin nur mit meinem – Bein drangestoßen. Ich war...«

»Billy? Haben Sie da etwa irgendein Tier drin? Zum Glück haben Sie einen guten Eindruck auf Mr. Clamp gemacht. Aber wenn er –«

»Ein Tier? Nein, nein. Ich bin allergisch.«

Marla legte eine Spur der alten Schärfe in ihre Stimme. »Nun lassen Sie mich mal sehen, kommen Sie.«

»Wissen Sie, ich glaube, wenn wir gleich jetzt gingen, ließe sich das machen mit dem Essen. Ein rasches jedenfalls...«

»Na wunderbar.« Marla zwinkerte enthusiastisch mit ihren geschminkten Lidern. »Da gibt es ein sehr schickes neues Restaurant. Kanadisch. Sie putzen einem den Fisch sogar direkt am Tisch.«

»Klingt toll«, log Billy.

»Ich hole nur meinen Mantel. Bin gleich wieder da.«

Weg war sie, ganz hingerissen von der Aussicht, mit einem essen zu gehen, der so gut mit dem großen Boß persönlich stand.

Billy wartete noch, bis er sicher war, daß sie sich außer Reichweite befand, und setzte sich dann an den Tisch und öffnete die Schublade.

»Gizmo«, sprach er in sie hinein, »ich muß jetzt weg. Du wartest hier, bis ich wiederkomme, ja? Halte dich einfach eine Zeitlang ruhig...«

Doch da näherten sich schon eilige Stöckelschuhschritte, und vor ihnen wehte eine *Poison*-Parfümwolke. Marla war wieder da.

Er schloß die Schublade.

»Okay!« sagte er mit übertriebener Aufgekratztheit.

»Dann wollen wir doch mal.« Er griff sich seine Sportjacke und folgte Marla zum Lift.

Auf der Fahrt nach unten stand sie wieder beunruhigend nahe bei ihm. Als wollte sie die letzten Reste von Daniel Clamps Charisma einsaugen. »Wissen Sie, Billy«, erklärte sie, »mein Job, das ist ein richtiger Feuerwehrjob, fünfundzwanzigeinhalb Stunden pro Tag und neun Tage pro Woche. Mein Privatleben ist nicht viel mehr als das eines Bären im Winterschlaf. Ich kann Ihnen gar nicht sagen, was es mir bedeutet, mit einem Mitarbeiter einmal wirklich die Gelegenheit zu einem wertvollen Gespräch zu haben.«

Billys Herzschlag ging wie eine Lokomotive. Er war ziemlich verwirrt. Was war das? Machte ihm Marla etwa Avancen? Oder gehörte das nur zu dem, was man Teamwork nannte? Er wollte natürlich nichts falsch machen und vorwärtskommen, selbstverständlich. Aber wenn das hier das Richtige war, wieso hatte er dann dieses vage Schuldgefühl?

Kate. Natürlich. Er mußte schon mit Kate darüber reden. Am besten gleich jetzt, und es ihr erklären. Aber die Gelegenheit durfte er natürlich auch nicht versäumen.

Sobald sie unten waren und aus dem Lift traten, sagte er: »Entschuldigen Sie mich einen Augenblick? Ich bin sofort wieder da.«

»Aber natürlich.«

Er lief durch die Halle. Über alles immer gleich reden! Zuerst von Gizmo und dann über dieses Dinner mit Marla. Kate mußte sich um Gizmo kümmern.

Am Ende der Halle war ein kleines Büro, wo sich die Besucherführerinnen aufhalten, ihre Sachen ablegen und ihre Zeituhr stempeln konnten. Kate war da wie abgemacht. Sie nahm gerade ihr Umhängemikrofon ab und begann sich von ihrem harten Arbeitstag zu entspannen.

»*Hi*!« sagte sie und freute sich, als sie ihn sah. »Ich bin gleich soweit.«

»Hör zu, Kate!«

Das Lächeln erstarb. »Was ist?«

»Gar nichts. Wirklich gar nichts, aber ich habe heute abend keine Zeit. Ich habe eine Besprechung. Mit ein paar Leuten.«

»Ach, Mist!«

»Ja, ich weiß, mir tut es ja auch leid. Aber es ist wichtig und – na, du weißt ja, gut für das, worüber wir geredet haben. Wie du immer gesagt hast. Ich soll mich bemerkbar machen und alles.«

»Was denn, mitten in der Nacht?«

»Ja. Und noch was, Kate. Du mußt mir einen Gefallen tun. Es ist was ziemlich Wichtiges.«

»Was denn?« fragte Kate, und ihre großen braunen Augen sahen ein wenig enttäuscht drein.

»Gizmo ist hier.«

»Gizmo? Wie zu den Horrorzeiten in Kingston Falls? Wie kommt der denn hierher ins Clamp Center?«

»Das ist eine lange Geschichte. Ich erkläre dir später alles. Er ist oben in der Schublade meines Arbeitstisches. Du mußt ihn mit nach Hause nehmen.«

»Mit nach Hause!? Billy, also wirklich, das... Wenn Gizmo wieder mit Gremlins loszieht und die ganze Sache jetzt in New York losgeht...!«

»Es sind keine Gremlins da, und es gibt auch keine ›Sache‹. Aber beachte auf jeden Fall die Regeln. Gizmo verträgt kein helles Licht, speziell kein Sonnenlicht. Das tötet ihn. Und er darf nicht naß werden. Und am allerwenigsten, er darf niemals nach Mitternacht gefüttert werden. Ja?«

»Kann er denn nicht einfach... ich meine, zurück, wo du ihn her hast?«

Billy hatte keine Zeit. Er wurde ungeduldig und drängte. »Nein! Und jetzt muß ich gehen, Kate! Bitte! Ich komme heim, sobald es geht!«

Kate gab seufzend nach. »Also gut, meinetwegen. Ich ziehe mich nur noch um und stemple meine Uhr, dann hole ich ihn.«

Billy fiel ein Stein vom Herzen. »Tausend Dank!«

Er gab ihr einen hastigen Kuß und lief zurück zu der wartenden Marla.

Da stand sie und sah runtergerissen aus wie die Katze, die den Kanarienvogel gefressen hat. Sie schenkte ihm ein betörendes Lächeln, wie er bisher noch keines von ihr gesehen hatte. Sah hübsch aus. Machte ihn aber auch ganz schön nervös.

Sie hängte sich bei ihm ein und zog ihn mit sich nach draußen. Sie bemerkten beide nicht, daß Kate ihnen vom anderen Ende der Halle aus nachschaute.

Achtes Kapitel

Gizmo, der Mogwai, wollte raus.

Hier in dieser Schreibtischschublade war es entsetzlich eng. Und außerdem hatte er bei den Wissenschaftlern nichts zu essen bekommen. Er hatte Hunger wie ein Wolf!

Genau; er mußte raus hier!

Ein Mogwai brauchte Bewegung. Ein Mogwai mußte ständig die Welt erkunden! Und ein Mogwai brauchte Nahrung!

Er wußte, daß er sich hoch über dem Fußboden befand, aber er brauchte gar nicht lange, um sich auszudenken, wie er nach unten kommen könnte. Er fand eine Schachtel Büroklammern und bastelte sich daraus mit flinken Fingern eine Art Strickleiter, die er hinauswarf. Das Ende befestigte er am Boden seiner Schublade. Dann kletterte er hinaus und nach unten. Als er sicher auf dem Boden stand, wieselte er flink umher und suchte nach einem Versteck – nur für den Fall, daß noch irgendwelche Menschen hier waren. Erst als er sich hinter einem Schreibtisch sicher wähnte, spähte er vorsichtig hervor und faltete seine Ohren weit aus, um Gefahren rasch entdecken zu können. Doch er konnte nichts Beängstigendes hören.

Dann weitete er seine Nüstern und schnupperte. Alle Mogwai-Sinne waren auf der Suche nach Nahrung.

Seine Nase entdeckte eine Geruchsspur von Kaffee sowie die Reste eines Pastrami-Sandwichs und eines halben Gelee-Doughnuts.

Sein kleiner Magen knurrte vernehmlich, als er sich vorsichtig der Duftspur zu nähern begann.

Ein Mogwai brauchte Nahrung!

Noch genauer gesagt: Ein Mogwai brauchte Nahrung vor Mitternacht! Danach – o je... daran mochte Gizmo jetzt gar nicht denken. Nach Mitternacht – das war die blanke Katastrophe! Wenn er nur daran dachte, was letztes Mal bei einer solchen Gelegenheit passiert war – in Kingston Falls! Er war ja wirklich froh und glücklich, seinen alten Freund Billy wiedergefunden zu haben. Aber immerhin war es schließlich Billys Unaufmerksamkeit gewesen, aus der diese ganze Katastrophe damals entstanden war! Und deshalb hatte auch Mister Wing kommen und ihn zurückholen müssen!

Nun, er mußte diesmal ganz besonders aufpassen, daß er nicht naß wurde! Hier schien es ja zum Glück ziemlich trokken zu sein. Also konnte er wohl davon ausgehen, daß seine Futtersuche einigermaßen ungefährlich war!

Doch dann hörte er, mitten auf seinem Weg hinaus in den Mittelgang, Geräusche. Räder rollten und eine Menschenstimme brabbelte vor sich hin. Der Hausmeister war mit seinem Handwagen und seinem Besen unterwegs. Er kehrte Unrat und Abfall zusammen und leerte ihn in seinen Tonnenkarren. Und redete pausenlos mit sich selbst.

Gizmo versteckte sich vor dem turmhohen Menschen. Er wollte jede Unannehmlichkeit vermeiden.

Der Hausmeister hielt mit seinem Karren an und schlurfte zum Trinkbrunnen, um einen Schluck Wasser zu trinken. Er beugte sich über das Becken und drückte den Wasserknopf, brabbelte aber dabei unaufhörlich weiter vor sich hin.

Und brachte infolgedessen wenig mehr zuwege, als sich selbst naß zu spritzen.

Er fluchte und versuchte es noch einmal. Und der Wasserstrahl schoß überall hin, nur nicht in seinen Mund.

Und ein langer Bogenspritzer platschte unmittelbar neben Gizmo nieder!

Der Mogwai erschauerte. Seine Pelzhaare standen ihm zu Berge. WASSER! Mein Gott, er mußte sich doch von Wasser fernhalten!

Er machte einen Satz und verrollte sich hastig unter Billys Arbeitstisch.

Der Hausmeister spritzte noch einen Wasserstrahl durch die Luft, und dieser kam auf der anderen Seite von Billy Peltzers Arbeitstisch herunter, benetzte auch noch seine Zeichnung vom Chinatown-Projekt, und von dort lief das Wasser abwärts und tropfte zu Boden.

Gizmo starrte hin und war erst einmal wie gelähmt. Dieses Wasser kam direkt auf ihn zu, auf ihn herunter!

Zu spät, wegzulaufen. Die ganze Geschichte war schon da und ... näßte ihm einen Teil seines Rückens!

Oh, neeeeeeeeeeeeeeeeeeeeeeeeeeein!!

Der Schmerz traf ihn augenblicklich. Wie eine Keule. Es war schlimmer denn je! Eine ganze Lawine von Nadeln stach ihn! Es war die reine Agonie! Er wand sich auf dem Boden und nahm kaum wahr, daß sich der Hausmeister, der mit seiner Runde ohnehin zu Ende gewesen und verärgert über den dämlichen Trinkbrunnen war, mit seinem Karren entfernte und den Bürobereich verließ.

Gizmo spürte, wie sich auf seinem Rücken bereits seine Abkömmlinge bildeten! Sie gingen auf wie gigantische Blasenfurunkel!

Und dann kamen auch schon diese Pffft-Laute, mit denen die kleinen Vermehrlinge sich lösten und wegsprangen.

Zwei Pelzbällchen zischten von seinem Rücken ab und landeten in der offenen Schublade eines Aktenschranks.

Pffft! Und die schmerzhafte Mogwai-Vermehrung ging weiter. Ein drittes Pelzbällchen prallte von einem Zeichentisch ab und fiel in einen Papierkorb.

Als Gizmo sich ein klein wenig erholt hatte, richtete er sich auf und sah zu, wie dieser letzte kleine Wollknäuelgummiball im ganzen Raum herumschoß wie der Roadrunner im Zeichentrickfilm, der von einer Canyonwand zur anderen springt und fliegt.

Er runzelte die Stirn.

Da hatte er den Salat! Er rappelte sich hoch, stand auf und

sah ungläubig und voller Angst zu, wie vier weitere neugeborene Mogwaihändchen aus dem Inneren der Schublade kamen und an deren oberem Rand Halt suchten.

Nicht doch! Noch zwei neue Mogwais!

Sie lugten mit ihren hübschen Köpfchen über den Aktenschrank in ihre schöne neue Welt. Der eine war ziemlich groß und sah dumm aus, der andere war kleiner und machte dafür einen sehr viel aufgeweckteren und verschmitzteren Eindruck. Sie sahen tatsächlich ein wenig aus wie das Paar George und Lenny aus dieser Steinbeck-Novelle *Von Mäusen und Menschen*.

Der Papierkorb wackelte und ruckte und fiel um, und der ganze Inhalt, den der Reinemachemann übersehen hatte, lag auf dem Boden. Und mittendrin ein weiterer Mogwai! Nur war dieser noch ganz zusammengefaltet und stand auf dem Kopf.

Gizmo, dessen Schmerzen allmählich nachließen, blieb der Mund offen.

Dieser da sah genauso aus wie eine der Figuren aus den *Loony Tunes*-Zeichentrickfilmen, die er sich ansah, wann immer er konnte! Wie war sein Name gleich wieder? Ach ja: Daffy Duck!

Daffy Mogwai!

Die Augen des kleinen Kerlchens gingen flink hin und her und verrieten seine helle Freude daran, am Leben zu sein! Er besah sich seine eigenen winzigen Händchen, die sich entfalteten und öffneten, und gab einen kleinen Laut von sich:

»WaHUUUUUU!« sagte Daffy.

Und schon kippte auch ein zweiter Papierkorb um und sein Inhalt flog im hohen Bogen heraus; kräftig geworfen von einem Mogwai, der einen extrem schlechten Charakter zu haben schien, seinem Gehabe nach zu schließen und seinen wilden Blicken, die er im ganzen Büro herumschoß.

Verflixt noch mal! Er war noch nicht einmal ein Gremlin, und sah doch schon gemein und böse aus! Dieser neue Mogwai hatte eine Art Irokesen-Haarschnitt über einem graubehaarten Gesicht. Gizmo nannte ihn auch im Geiste sofort den Irokesen.

»Äh-ah –«, stotterte er, als dieser Mogwai ihn entdeckte und ihn mit seinen abgrundtief bösen Äuglein anfunkelte. Der geborene gemeine Kerl. Und er kam her.

Zwischen diesem Irokesen und den George-und-Lenny-Typen schien eine Art telepathischer Kontakt zu bestehen, denn sogleich sprangen auch diese beiden von ihren Schubladen herunter und folgten ihrem bösen Anführer.

Daffy hingegen schien zu sehr damit beschäftigt zu sein, Daffy-Dinge anzustellen, als eine Annäherung an Gizmo im Sinn zu haben.

Der Irokese kam immer näher, funkelte Gizmo böse an und – spuckte ihm in die Augen!

Gizmo versuchte sich aus dem Staub zu machen, aber sie ergriffen ihn zu dritt und hielten ihn fest.

Inzwischen drehte Daffy komplett durch. Er hatte sich über die noch nasse Farbe von Billys aufgeweichter Entwurfs-Zeichnung hergemacht – mit dem Resultat, daß er überall nasse Pfotenabdrücke hinterließ.

Hinter Gizmo war ein Luftschacht mit einem Metallgitter. Auf diesen deutete George und flüsterte Lenny etwas zu, der sein dumpfes Einverständnis nickte und sich sofort zu diesem Gitter begab und es, so schwer und stark eingemauert es auch war, einfach herausriß. Er stieß George ungeschickt damit an, woraufhin dieser sich umdrehte und ihm eine Ohrfeige gab.

Und dann sprang bereits der Irokese los, schnappte sich Gizmo und stieß ihn mit Lennys und Georges Hilfe in den Luftschacht.

Und gleich darauf wurde das Metallgitter wieder eingesetzt.

Sie lachten sich halbtot, wie Gizmo verzweifelt – und vergeblich – versuchte, das Gitter wieder hinauszudrücken.

Und sie beschimpften ihn unter Mogwai-Zischen und -Knurren mit allen möglichen Namen. Danach ließen sie ihn stehen; randalierend und rücksichtslos schnappten sie sich Daffy und schleiften ihn mit sich zu ihren nächsten bösen Taten.

Gizmo fühlte sich hundeelend.

Warum nur war er nicht in dieser Schublade geblieben, wie er sollte!

Er huschte verzweifelt zur anderen Seite des Luftschachts und spähte nach draußen. Karren und Füße des Hausmeisters kamen gerade vorbei.

O Gott! dachte Gizmo, der Mogwai. Billy würde ungehalten sein.

Neuntes Kapitel

In dem kanadischen Restaurant auf der West Side war Billy Peltzer zu dieser Zeit sehr viel mehr mit den Aspekten seiner eigenen beruflichen Karriere bei *Clamp Enterprises* beschäftigt. Allerdings auch damit, wie Kate wohl mit Gizmo zurechtkam.

Sicher, Kate mochte Gizmo zwar, aber sie kannte ihn nicht so gut wie er. Also hatte er schon Grund, etwas nervös zu sein, was das betraf, fand er.

Gleichzeitig aber deckte ihn Marla gnadenlos mit einem nicht endenden Schwall von Worten ein und redete wie ein Wasserfall. Über dies und jenes in ihrer Abteilung. Meistens aber doch mit noch immer andauernder Atemlosigkeit über das unerhörte Ereignis, das sich vorhin zugetragen hatte: daß Daniel Clamp persönlich Billy dieses ganz außergewöhnliche Interesse gezollt hatte auf seinem raschen Weg durch das Großraumbüro der Abteilung Werbung.

Das Restaurant hieß *Handsome Dick Manitoba's Place* und war ein weitläufiges Lokal, das zuvor ein Chinarestaurant gewesen war. Bei der Renovierung war es mit Zedernpaneelen getäfelt worden. Die Dekoration bestand aus eingetopften Fichten, Elchköpfen, und die Kellner und Kellnerinnen waren in Uniformen der *Royal Canadian Mounted Police.* Alles äußerst kanadisch also. Überflüssig zu sagen, daß es der letzte Renner bei der Klientel der West Side war; der neueste »Geheimtip«. Mit einem Mal war alle Welt angeblich ganz verrückt auf deftige Pfannkuchen, Elchsteaks und »Huskie-Pudel-Shooters«, worunter ein Getränk aus Ananas, Zitronensaft und kanadischem Whisky zu verstehen war; ein entsetzliches Gesöff; aber eben der augenblickliche letzte Schrei. Und so waren hier allezeit die tonangebenden Yuppies im sogenannten »Huskie-Salut« vereint, mit welchem sie in der »Toba-Bar« des Hauses besagte Shooters mit Todesverachtung kippten.

Sie bestellten ihre Salate und Steaks, und Marla nippte kurz an ihrem *Canadian Wine Spritzer*, schnitt eine Grimasse dazu und beugte sich wieder zu Billy, um ihn erst einmal eingehend zu fixieren.

Und nachdem sie das lange genug getan hatte, erklärte sie: »Wissen Sie, Billy, ich habe mir etwas überlegt. Und zwar habe ich mir überlegt, Sie sind aus dem Holz geschnitzt, um bei Clamp Karriere zu machen. Wirklich Karriere.«

»Ach«, sagte Billy und war noch immer ziemlich nervös, »wirklich?«

»Ja, ganz entschieden.« Und sie schenkte ihm einen umwerfenden Blick. »Aber zuerst mal müssen wir etwas mit Ihrer Garderobe machen.«

»Wieso?«

»Weil man mit Jacketts wie diesem da einfach nicht befördert wird!« Sie schielte über ihre hochgereckte Nase auf sein *Sear's Special*, ein polyesternes Überbleibsel aus seinen Tagen in Kingston Falls.

»Die hat mir Kate ausgesucht! Und sie hat wirklich Geschmack!«

»Ja, vielleicht für die Sonderangebote im Untergeschoß, Billy-Boy. Nicht doch. Was Sie jetzt brauchen, das sind flotte Sachen. Sachen, die signalisieren: jung, kreativ, auf dem laufenden, trotzdem aber an der Basis stabil und zuverlässig! Ein richtiges, passendes Jackett schafft das. Und dann natürlich Ihr Haarschnitt!«

»Ja, gut, ich wollte sowieso –«, begann Billy zu erklären und fuhr sich selbstbewußt mit der Hand durch seinen Haarmop auf dem Kopf.

»Das erledigen wir gleich am Wochenende.«

Und so ging es das ganze Essen – mit sehr, sehr blutigen Steaks – weiter. Marla fand gar kein Ende mit all den tollen

Dingen, mit denen und bei denen sie Billy behilflich zu sein gedachte. Und als sie erst einmal ihr eigenes bestelltes Jolt-Cola – im Champagnerglas! – hatte, war überhaupt kein Halten mehr. Sie übertraf sich selbst.

Das flackernde Kerzenlicht machte ihre üblicherweise recht harten und verkniffenen Gesichtszüge ganz weich und sanft. Ihre Augen glänzten, und Billy hoffte, daß das das nur Koffein verursacht hatte.

»Wie ist das?« schnurrte sie. »Haben Sie eigentlich immer gewußt, daß Sie Künstler werden wollten?«

»Na ja«, sagte Billy und bedachte dies, »ich habe immer schon gern gezeichnet. Als ich noch klein war und meine ersten Farbstifte bekam, habe ich schon die Comic Strips nachgezeichnet, und meine Lehrer habe ich gezeichnet, und alles mögliche...«

»Auch ich hatte als Kind Farbstifte, Billy. Schon als ich vier Jahre alt war, benützte ich sie dazu, den anderen Kindern Memos zu schreiben. Ich kannte mein Talent damals schon.«

»Toll, das ist schon was«, sagte Billy gehorsam und nippte an seinem *Great White North Canadian*-Bier.

Marla legte ihm die Hand auf den Arm.

»Ist das nicht großartig? Endlich lernen wir uns einmal näher kennen! Im Büro geht das ja gar nicht.«

Da konnte Billy nur beipflichten. »Na ja, dort ist alles immer nur geschäftlich.«

Marlas Zunge fuhr über ihr Lip Gloss, so daß es im kanadischen Kerzenlicht wie neu schimmerte.

»Sehr richtig, Billy! Also, lassen Sie uns jetzt mal über unsere Strategie nachdenken – die für Sie, die für mich und die für unsere ganze Abteilung!«

»Wie meinen Sie das?«

»Nun, Ihr Verhältnis zu Mister Clamp! Ihr Zugang zu ihm. Ich sage Ihnen eine Zukunft voraus, Billy – toll! Größeres Büro... mit Namen daran... wir beide...« Ihre Stimme wurde dunkler, bisher Katze, jetzt Panther, »... bauen eine ganze PR-Abteilung auf...«

»*Wow!*« Die Vorstellung war einfach überwältigend.

»Ich bin ganz offen zu Ihnen, Billy. Ich habe darüber noch mit niemandem gesprochen.«

»Wissen Sie, ich habe mich eigentlich noch nie besonders um solche Büroangelegenheiten gekümmert. Ich habe mit meiner eigentlichen Arbeit so viel zu tun, daß –«

»Ja, Sie haben Talent, Billy, und das ist wundervoll! Günstiger könnte die Ausgangslage für uns gar nicht sein, verstehen Sie? Sie sind ganz Künstler, natürlich. Nur, selbst ein Künstler muß sich natürlich Ziele setzen, Billy!«

»Ja, sicher. Genau das sage ich dauernd zu Kate. Ich sage immer, Schatz, du weißt, für einen Künstler –«

»– und ich, Billy, kann Ihnen helfen, diese Ziele zu erreichen!« Sie rückte noch näher zu ihm. Ihr Parfüm machte ihn schwindlig. Wie sie da saß, so nahe, ein einziges *Seide und Seufzer* ... Billy Peltzer hätte sich nie träumen lassen, daß ein Busineß-Dinner eine derart erotische Angelegenheit sein konnte.

»Wenn wir uns zusammenschließen, Billy!« hypnotisierte ihn Marla weiter.

»O ja, das sollten wir, uns ...«

Und dann merkte Billy plötzlich, daß sich irgend etwas Fremdes auf seinem Schoß befand. Er blickte verblüfft hinab. Es war Marlas schuhloser, bestrumpfter Fuß.

»... zusammenschließen«, schluckte er.

Es hatte eine so überraschende und unerwartete Wirkung, und Marlas Lächeln war so verständnisinnig und erotisch, daß es ihm erst einmal die Sprache verschlug.

Und ihr Gesicht sagte – und versprach ihm – alles.

Zum Glück kamen ihm die *Canadian Mounties* zu Hilfe. Oder jedenfalls glaubte er es im ersten verwirrten Moment, bis er sich daran erinnerte, daß es nur der Kellner in seiner Uniform war. Er sah auf und zuckte erschreckt zusammen. Er fand sich Auge in Auge mit dem Elchkopf, den der Kellner herangefahren hatte. Billy verschüttete vor Schreck sein Bier in seinen Schoß, und zwangsläufig auf Marlas Fuß.

Sie schnitt ein Gesicht und zog ihn weg.

Er war zu Tode verlegen, wurde knallrot und nahm die Serviette, um das Malheur zu beheben – und zu verdecken.

»Alles in Ordnung, Sir? Bring' Ihnen am besten ein neues Bier, wie?« bemühte sich der Kellner um Hilfeleistung.

»Nein, nein, danke. Alles in Ordnung.«

Der Kellner deutete auf seinen Wagen. »Das hier ist ein spezielles kanadisches Dessert, Sir. Der Schokoladenelch. Möchten Sie ein Stück haben, vielleicht eine Geweihgabel?«

»Nein, danke, ich ähm –« Er warf Marla einen entschuldigenden Blick zu. »– muß jetzt wirklich gehen. Ich habe ja noch diese Verabredung, Sie wissen, Marla... Tut mir schrecklich leid wegen...«

Marla hatte sich mittlerweile wieder ganz in der Gewalt und bedachte ihn mit ihrem Routinelächeln. »Ach, das ist schon in Ordnung, Billy.«

Er stand auf, aber ehe er noch einen Schritt tun konnte, hatte ihn Marla an seiner Krawatte, zog ihn zu sich herab und gab ihm ein Küßchen auf die Wange. Er löste sich mühsam von ihr und fand sich beim Umdrehen erneut Auge in Auge mit dem dämlichen Schokoladenelch.

»Bis morgen!« hauchte ihm Marla nach, während er machte, daß er davonkam, vorbei an dem Kellner.

»Ja. Richtig. Bis – äh...«

Und damit flüchtete er in die New Yorker Nacht.

Zehntes Kapitel

Kate Berringer war in sehr nervöser Verfassung, als sie in der Etage der Werbeabteilung von *Clamp Enterprises* aus dem Lift stieg.

Ihre Gefühle angesichts des bevorstehenden Wiedersehens mit Gizmo waren eher gemischt. Speziell hier in New York! Kingston Falls war ja schon schlimm genug gewesen!

Als könnte sie das jemals vergessen! Diese Zeit als Kellnerin für diese ganze Horde saufender, rauchender, randalierender, terrorisierender Gremlins, die die Kneipe, in der sie arbeitete, auseinandergenommen hatten! Alles, was sie da mitgemacht hatte – dank Gizmo –, war genug gewesen, um einem Mädchen ihres zarten Alters graue Haare wachsen zu lassen.

Sie hatte eine ganze Weile gebraucht, ehe sie sich von der ganzen schlimmen Geschichte einigermaßen erholt hatte. Zugegeben, das Ende war positiv gewesen: Sie fand sich in den Armen eines ganz wundervollen Burschen wieder. Und unter dem Strich war es deshalb dann eben doch eine tolle Bilanz. Aber andererseits – genau wie Mr. Futterman kam man eben aus so einem Erlebnis wie dem Kampf gegen eidechsenhäutige kleine Monster, die nichts Geringeres als totale Destruktion und Chaos im Sinn hatten, doch nicht völlig ohne seelische Schrammen und emotionelle Narben heraus.

Je näher sie Billys Arbeitsplatz kam, desto mehr krampfte sich alles in ihr zusammen.

Und dann blieb sie wie angewurzelt stehen.

Da waren Leute.

Leute – und noch etwas. Ein Hund. Ein riesiger Wachhund, eines von den kälbergroßen Monstern, die sie im Erdgeschoß hielten. Gerüchte besagten, daß man sie nachts im ganzen Gebäude frei herumstreifen ließ, wobei sie sich dann von unachtsamen Einbrechern ernährten.

Sie trat rasch zurück in den Schatten und verbarg sich, während der Hund an Billys Arbeitsplatz herumschnüffelte.

»Ha!« sagte eine Männerstimme. »Brav, mein Lieber, brav! Ich wußte doch, daß wir in der Schublade dieses Burschen etwas finden würden!«

Kate hatte ihn inzwischen erkannt. Es war dieser fiese Assistent von Clamp, Frank Forster. Der Mann fürs Grobe. Und mit einem Gesicht, das genau dazu paßte. Ohrfeigengesicht. Er ließ gerade den Lichtkegel seiner Taschenlampe über Billys Tisch wandern. Und über den Chinatown-Entwurf.

»Schaut euch diesen Saustall an! Was sind denn das hier für Spuren?«

»Schwer zu sagen, Sir«, antwortete der Wächter, der ihn begleitete. »Ein Nagetier vielleicht?«

O mein Gott! dachte Kate. Gizmo!

»Er bringt sich also doch Tiere mit an den Arbeitsplatz!« bellte Forster. »Ich glaube dem Kerl kein Wort mehr!«

Sie suchten noch eine Weile weiter herum, fanden aber nichts. Der Hund hatte bereits jedes Interesse verloren und schnüffelte schon woanders.

Kate wartete noch eine Weile, ehe sie weiterging. Billy hatte gesagt, daß Gizmo hier irgendwo sei. Wahrscheinlich versteckt er sich, dachte sie. Aber wo?

Schon als sie das Großraumbüro betrat, hörte sie hinter sich den Wolfspfiff. Sie fuhr herum. Direkt vor ihr hing an einem metallenen Ablagekasten ein Mogwai.

»Gizmo!« sagte sie mit leichtem, aber letztlich doch nicht bösem Vorwurf. »Wie kommst du denn da hinauf?«

Der Mogwai rollte die Augen und schlenkerte herum, als hätte er einen leichten Webfehler. Er starrte sie lüstern an. Er sah aus wie Bugs Bunny, der high ist.

Sie nahm ihn an sich, und er wand sich, als sei es ihm ziemlich unangenehm. Und Gewicht hatte Gizmo offenbar auch verloren! Hatte ihn Mister Wing denn nicht gefüttert?

»Billy hat gesagt, ich soll dich nach Hause bringen. Also komm. Und bleib lieber in meiner Handtasche, bis wir aus dem Haus sind.«

Besagte Handtasche hatte sie über der Schulter hängen, und sie war froh, daß sie heute ihre große genommen hatte.

Sie legte den Mogwai hinein und hängte sich die Tasche vorsichtig wieder um.

»Wahuuu!« sagte der Mogwai ganz weich.

Komisch, dachte Kate. Sie hatte Gizmo noch nie »Wahuuu« sagen gehört!

In der Halle waren die letzten Käufer dabei, ihre Kreditkarten registrieren zu lassen.

Da sie Nahrung gerochen hatten, waren die drei neuen Mogwais George, Lenny und der Irokese im Eilmarsch dort hinunter gehuscht. Sie hatten das Clamp-Treppenhaus benutzt.

Jetzt schnupperten sie am Yoghurtstand und konnten ihre gierigen Äuglein nicht mehr von dem farbigen Brei und den Stapeln köstlicher Nüsse, all dem Schokoladensirup und den kandierten Früchten wenden – von den ganzen Zutaten eben, die die Leute auf ihre Portionen zu packen liebten.

Wie sehr der Anblick auch allen gefiel, Lenny war doch am meisten davon angetan. Seine Zunge hing ihm heraus, und Mogwai-Sabber troff ihm auf die kleinen Zehlein.

»Jam-jam«, machte er und leckte sich die Lefzen.

Der Irokese dagegen war weniger von dem Süßzeug des Yoghurtstandes begeistert. Sein Interesse richtete sich auf anderes.

Seine Knopfaugen wanderten zu einer Uhr.

Es war elf Uhr vorbei.

Er grinste und zeigte seine spitzen kleinen Zähnchen.

Fast Zeit!

In ihrem Apartment an der West End Avenue holte Kate den Mogwai aus ihrer Handtasche und setzte ihn auf eine Kommode. Auf dem Heimweg hatte sie ein Kentucky Fried Chikken mitgenommen, und der Mogwai bibberte erwartungsvoll, seit ihm der Geruch der Kräuter und Gewürze in die Nase gestiegen war, gar nicht zu reden von dem des Kartoffelpürees mit Soße und dem Kohlsalat. Er sprang auf den Allesöffner, den Billys Vater erfunden hatte, einen kombinierten Dosen- und Flaschenöffner, der obendrein bei Gebrauch den Yankee Doodle spielte.

»Gizmo! Paß doch auf!«

Der Mogwai verrollte die Augen und ruderte mit Händen und Füßen wild herum.

»Billy hat mir ausdrücklich gesagt, daß du vor Mitternacht gefüttert werden mußt!«

Sie holte einen Teller heraus und legte von allem etwas darauf, Hühnchen und Püree, Soße und Kohlsalat.

KA-RASSSCCCHHHHHHHHHHHH!

Kate sprang einen halben Meter hoch. Nicht doch!

Ihr Mixer war in tausend Scherben zersprungen und lag auf dem Boden. Der Mogwai saß oben auf dem Regal und machte ein verlegenes Gesicht.

»Großer Gott! Sei ein bißchen vorsichtig hier drin, Gizmo. So viel Geld haben wir nicht, daß wir solche Dinge neu kaufen können!«

Der Mogwai nickte schuldbewußt.

Kate stellte ihm den Teller hin.

»Na, willst du das?«

Mogwai Daffy schnappte sich das Hühnerbein, riß den Mund weit auf, biß zu – und zog den leeren Knochen heraus. Er warf ihn beiseite und machte sich sogleich über den Kartoffelbrei her.

Er schmeckte ihm nicht.

Die Pfote voll, die er sich genommen hatte, schleuderte er von sich. Die Hälfte traf Kate, der Rest klatschte an den Kühlschrank.

»Iiiiiii!« machte Kate. »Gizmo, was soll denn das?«

Sie holte sich ein Küchentuch und putzte sich ab. »Was Billy an dir findet, ist mir schleierhaft!« murmelte sie in sich hinein.

Daffy rülpste, schnappte sich noch ein Stück Hühnchen und verschlang es ebenfalls, als sei er ein tasmanischer Teufel, vollgepumpt mit Amphetaminen.

Billy schlich sich in sein heruntergekommenes Ziegelwohnhaus, wühlte nach seinen Schlüsseln, öffnete die Tür und war in Rekordzeit die Treppe oben.

Er läutete.

»Wer ist da?«

»Ich bin's.«

Innen wurde der Riegel aufgeschoben. Die Tür ging auf, und Kate stand vor ihm, ziemlich mit Essen verschmiert und sichtlich nicht bester Laune.

»*Hi.* Tut mir leid, daß es spät geworden ist –« Jetzt erst bemerkte er das volle Ausmaß der Essensschlacht, die sich hier abgespielt hatte. »Was ist denn mit dir passiert?«

Kate schüttelte nur stumm den Kopf. Sie stand mächtig unter Dampf. Dann fiel ihr Blick auf Billys Wange.

Was gibt es denn da zu sehen? fragte er sich.

»Verlief deine . . . Besprechung zufriedenstellend?«

»Ja, ja. Sehr.« Er nahm den bedeutsamen Unterton ihrer Stimme gar nicht wahr. Sein Blick wanderte durch das kleine Appartement auf der Suche nach seinem Mogwai-Freund.

»Wo ist Gizmo?« fragte er.

»In der Küche. Billy?«

Aber er war bereits auf dem Weg zu der kleinen Ecke der Wohnung, die als Küche bezeichnet wurde und wo sich jedenfalls Herd und Kühlschrank befanden. »Hast du ihn gefüttert?«

»Ja.«

»He, Gizmo, wie geht es . . .« Als Billy näher kam, traf ihn eine Ladung Kohlsalat mitten ins Gesicht. Ein wenig Mayonnaise blieb an seiner Wange hängen. Und hinter einem dieser verrückten Küchengeräte, die sein Dad für Kate gebaut und ihr geschenkt hatte, sah ein pelziger Arm hervor.

»Was ist hier los, Gizmo?«

Doch da flog ihm schon wie ein Geschoß etwas anderes aus dieser Deckung dort an den Kopf. Besonders ölig. Sanders' Biskuit.

»He! Also hör mal, Gizmo, das ist aber jetzt –«

Die kleine Kreatur fuchtelte wild in der Luft herum, und im nächsten Augenblick hatte Billy auch noch ein Kirschtörtchen im Gesicht.

Billy wischte es ab und sah etwas genauer hin.

Der Mogwai feixte zurück, verdrehte die Augen, zeigte auf ihn und führte sich auf wie einer der drei Stooges, wenn er jemanden mit einer Torte mitten ins Gesicht getroffen hatte.

Das war ja gar nicht Gizmo!

»Kate!« rief er atemlos. »Kate, wo hast du den her?«

»Aus deinem Büro natürlich. In der Nähe der Schublade, wie du gesagt –« Ihre Hand fuhr an den Mund. »Billy! Vorsicht!«

Es war zu spät. Eine Jello-Pudding-Packung aus dem Kühlschrank platschte ihm aufs Jackett und bekleckerte es mit Schokoladenbrei.

»He, du kleiner –« Er kam drohend auf den frechen kleinen Kerl zu. »Wo ist Gizmo? Was hast du mit Gizmo gemacht?«

Der Mogwai aber spuckte nur und warf den nächsten Puddingbecher auf Kate, die gerade noch rechtzeitig auswich.

Billy sah auf die Uhr. 23.15 Uhr.

»Wir müssen sofort zurück zum Clamp Center«, sagte er zu Kate.

»Billy! Du hast gesagt, es wird keine mehr geben!«

»Gibt es auch nicht. Vorausgesetzt, sie essen nicht nach Mitternacht!« Tatsächlich war er sich dessen keineswegs so sicher, wie er tat.

Kate deutete auf Daffy. »Und was ist mit – dem da?«

»Den müssen wir wohl mitnehmen.«

Er wich einer weiteren Ladung Essen aus. Dann aber ging er entschlossen vorwärts und schnappte sich den fremden Mogwai, der ihn dabei um ein Haar biß. Er steckte ihn in seine Aktenmappe, die er auf die Couch im Wohnzimmer geworfen hatte.

Der Mogwai brabbelte halbverständliches Zeug vor sich hin, das klang wie: »Wahuuu, nein, Ellbogenfreiheit, ich will nicht eingesperrt werden!«

Und als Billy den Reißverschluß seiner Mappe zuzog, hüpfte diese gleich heftig herum.

»Wenn du da wieder rauswillst«, sagte Billy kühl, »regst du dich erst mal ab.«

Der Mogwai regte sich tatsächlich ein wenig ab und rumpelte nur noch wenig.

»Schon besser.«

Kate schlüpfte rasch in ihren Mantel.

»Mister Wing hat recht gehabt«, sagte Billy.

»Womit?«

»Als er kam und Gizmo wieder abholte, fragte ich ihn, wieso er eigentlich Gizmo verstehen könne. Und er sagte, man müßte einfach nur richtig zuhören können. Ich sei, sagte er, noch nicht reif dafür. Für die ganze Verantwortung. Und ich bin auch nicht...«

Sie waren an der Tür, als die Glocke anschlug.

»Auch das noch!« stöhnte Billy.

»Wer kann denn das noch sein, so spät?« fragte Kate.

»Das ist die einzige Möglichkeit, es festzustellen«, erklärte er und wies auf die Tür, die er gleich danach öffnete.

Draußen stand niemand anderer als Murray Futterman. Sein schmales Gesicht zuckte nervös. Sein Aufenthalt in der großen Stadt verschärfte sein übliches nervöses Zucken offenbar noch. Neben ihm stand seine Ehefrau Sheila. Und auch sie sah ein wenig futtermanisch aus.

»Mister Futterman. Mrs. Futterman!«

»Wir haben Sie erst morgen erwartet!« sagte Billy und versuchte seine Mappe hinter sich zu verbergen.

»Das dachten wir auch«, sagte Mr. Futterman. »Aber meine alten Armeekumpel haben das Wiedersehensfest vorverlegt. Wir haben versucht, Sie anzurufen. Doch dann mußten wir rasch zum Greyhound-Bus.«

»Zweiunddreißig Stunden! Tut uns leid, daß wir noch so spät bei Ihnen aufkreuzen.«

»Das macht doch nichts«, sagte Kate, immer die höfliche Gastgeberin, »das macht doch gar nichts. Möchten Sie Kaffee, oder –«

»Nein, nein, machen Sie sich keine Umstände, Schätzchen«, meinte Mrs. Futterman.

»Mann, wir haben ja versucht, ein Taxi hierher zu kriegen!« Mr. Futterman legte Gepäck und Mantel auf der Couch ab. »Haben Sie gewußt, daß es hier in diesem Kaff russische Taxifahrer gibt? Und was ist, wenn einer zufällig in so ein Taxi steigt, der einen Koffer voller Atomgeheimnisse bei sich hat? Denkt eigentlich keiner an so etwas?«

»Murray, denk dran, was Doktor Kaplan dir gesagt hat. Nicht aufregen und ruhig bleiben!« Mrs. Futterman wandte sich an Billy. »Murray war ein wenig... na ja, bedrückt, nach dem, was mit diesen – diesen – passiert ist...« Und sie deutete große Ohren an und allerlei sehr, sehr boshaftes Benehmen. Mit einem Wort, Gremlins.

Natürlich war Mr. Futterman, der immerhin schon im Krieg genug mitgemacht hatte, von diesem Gremlin-Wüten in Kingstons Falls total schockiert gewesen. Die Biester hatten ja auch gehaust wie die Vandalen. Daß sie ihm mit dem Traktor die Hauswand eingefahren hatten, war zuviel für ihn gewesen. Nur Jahre geduldiger Therapie hatten ihn soweit wiederherstellen können, daß er die emotionale Stärke hatte, diese Reise nach Manhattan zu unternehmen. Aus immerhin sehr wichtigem Anlaß. Dem Wiedersehenstreffen seiner alten Fliegerstaffel.

Mr. Futterman hatte Billy pausenlos Gremlingeschichten aus alter Zeit erzählt und behauptet, er habe schon im Krieg welche gesehen.

»Ach«, sagte er jetzt abwehrend, »ich bin okay, mir geht es gut. Ich war nur vorübergehend ein wenig beunruhigt.«

Billys Aktenmappe quiekte. Billy schob sie sich unter den Arm und drückte etwas zu, damit der Mogwai Ruhe gab.

»Ist da was?« sagte Mr. Futterman und war gleich wieder nervös.

»Ist schon in Ordnung, Schatz«, sagte Mrs. Futterman. »Ich höre es auch.«

»Selbstverständlich hörst du's auch. Was denn sonst?«

Billy sagte hastig: »Das ist die . . . äh . . . Installation hier. Ja, ja. Die . . . die macht manchmal solche Geräusche.«

Sheila Futterman dachte noch einmal nach und blickte Billy und Kate dann verstehend an. Sie betrachtete aufmerksam Billys Gesicht. »Ach, Murray«, sagte sie dann, »wir haben die beiden offenbar gestört.«

»Hä?« machte Mr. Futterman.

Doch dann schien auch er auf Billys Gesicht zu entdecken, worum es ging.

Billy griff unwillkürlich an seine Wange und besah sich seinen Finger.

O Gott! Lippenstift! Mußte von Marla sein, als sie ihm diesen Schmatz verpaßt hatte, auf seiner Flucht aus dem Restaurant. Ihre Marke . . . ihre Signatur!

Er versuchte Kates Blick zu erhaschen, um ihr seine aufrichtige und echte Ernsthaftigkeit zu signalisieren. Doch sie wich ihm absichtlich aus und lehnte sein Flehen um Verständnis ab.

»Es – äh –«, stotterte er schließlich, »– ist so. Ich fürchte, Sie können nicht hierbleiben. Ich meine, wir würden Sie liebend gern aufnehmen, wenn es ginge, aber – äh – das Haus hier ist – wird – ausgeräuchert.«

»Ach, Ungeziefer? Ja, ja, man kann nicht vorsichtig genug sein heutzutage. Alles mögliche komische Ungezieferzeugs kommt heutzutage ins Land.«

Sheila Futterman sagte: »Oh, na ja, Billy, das geht schon in Ordnung.«

»Na klar. Gehen wir einfach in ein Hotel.«

»Tut uns wirklich... leid... wir rufen Sie dann an...« sagte Billy und begleitete die Futtermans, so höflich es gerade nur noch ging, ohne sie hinauszuwerfen, zur Tür.

Nach der allgemeinen Verabschiedung und Verabredung für morgen schloß Billy seufzend die Tür und drehte sich zu Kate um. Aber ihre Blicke waren die reinsten Dolche. Auf den Lippenstiftfleck.

»Was denn...« stotterte er. »Das? Mein Gott, das ist doch überhaupt nichts weiter als diese harmlosen Bürosachen. Du weißt doch, so ›Ganz tolle Sache‹. Glaubst du mir etwa nicht?«

»Gut, ich glaube dir.« Ihr Gesicht wurde etwas versöhnlicher.

Sie glaubte ihm tatsächlich.

»Aber jetzt gehen wir besser.«

»Ja«, sagte Billy.

Und sie eilten, so rasch sie konnten, nach unten und schnappten sich das nächste Taxi. Bevor die Hölle los war. Oder was noch alles.

Elftes Kapitel

Der *Yummy*-Yoghurt-Stand im *Clamp Center* war nicht anders als sonstige Yoghurtstände. Die Kunden konnten sich ihre tiefgefrorenen, kalorienarmen Portionen mit Schokolade, Sirup, Süßzeug oder Nüssen dekorieren lassen, bis ihre Niedrigkalorienmenge den täglichen Verbrauch eines Sumo-Ringers erreichte, der ein Gewichtszunahmeprogramm absolviert.

Also genau, was einen Mogwai faszinieren konnte. Und tatsächlich hatte das schreckliche Trio Lenny, George und der Irokese hier seinen Ort gefunden.

Zwei junge Männer waren heute abend die Yoghurt-Verkäufer vom Dienst. Sie hießen Mike und Eddie, waren Teenager und wohnten drüben in Queens. Das hier war ihr erster regulärer Job. Deshalb trugen sie auch ihre weißen Standuniformen noch mit sichtlichem Stolz.

Im Augenblick bedienten sie die letzten späten Kunden. Es war wirklich schon sehr spät, aber einer der besonderen Vorzüge des *Clamp Mall* war eben, daß dort alles so lange geöffnet war. So konnten selbst noch die Leute, die am Broadway im Theater oder in einem Lokal gewesen waren, vor der Heimfahrt hier vorbeikommen und einkaufen oder etwas zu sich nehmen.

»Also«, sagte Mike zu einer Kundin und stand sinnend vor seinen kulinarischen Schätzen, »wollen mal sehen. Eine Kona-Praline und ein Bananen-Beeren-Swirl mit Kiwi und Erdnußbutter, richtig?«

»Ja . . . oder warten Sie mal«, sagte die Frau, »ist die Erdnußbutter auch natur?«

»Also, das weiß ich jetzt gar nicht«, sagte Mike und

wandte sich an seinen Kollegen. »Weißt du, ob die Erdnußbutter natur ist?«

»Keine Ahnung«, antwortete Eddie. »Was soll das überhaupt heißen. Das ist Reeses, glaube ich. Also ist es doch wohl original Erdnußbutter, ich meine, natur, oder?«

»Weiß ich wirklich nicht. Sind da bei Reeses keine Zusätze drin?«

Und während die Debatte noch lebhaft weiterging, hatten die Mogwais sich bereits hinter dem Stand auf dem Boden in Positur gestellt, um gekühlten Joghurt, der von einem offenen Hahn herablief, aufzulecken.

»Jamm!« sagte Lenny, der offensichtlich ein Gourmet war.

Eddie drehte sich gerade herum, um eine Portion gemischtes *Very Berry* zu fabrizieren. Er bemerkte zu seiner großen Verwunderung, daß sämtliche Hähne offen waren. Aber noch ehe er sie zudrehen konnte, nölte ihn eine andere Kundin an. »He, Mister, ich wollte Oreo-Kekse und Gummibärchen... Aber das Zeug da –«, sie hielt vorwurfsvoll ihre Portion mit einer merkwürdigen klebrigen Paste hoch »– das ist Haarpomade!«

»Ma'am, wir führen nichts, das wie –«

Doch da wurde die Aufmerksamkeit der beiden Verkäufer von etwas abgelenkt, das sich auf dem Behälter bewegte. Von irgendwoher unten oder an der Seite kam eine haarige Pfote und grapschte sich eine Portion M & M.

»Was ist das denn?« kreischte die Frau auf.

»Das ist 'ne Ratte!« rief eine andere Frau.

»Jamm!« sagte Lenny.

»Was geht hier vor?« fragte ein Mann mit Brille, der streng dreinblickte und schielte. »Hat die Frau eben gesagt, hier sind Ratten?«

»Ähm – nein, Sir, sie sagte, hier gibt's doch *keine* Ratten«, beeilte sich Mike zu versichern.

Und mitten hinein in die sich nun steigernde allgemeine Verwirrung platzten Billy und Kate.

»Da drüben!« sagte Kate und deutete auf den Yummy-Joghurt-Stand. »Da tut sich was, an diesem Yoghurt-Stand!«

»Stimmt!« nickte Billy. Sie rannten hin, während dort inzwischen das Chaos ausbrach. Es war fast schon ein Volksauflauf entstanden. Immer mehr Leute nahmen wie durch Telepathie das Lauffeuer-Wort »Ratten« auf und eilten herbei, um das mit eigenen Augen zu sehen – oder aber sie flüchteten in Panik und stoben auseinander.

»Wenn ich es Ihnen sage!« kreischte ein Kunde mit schreckgeweiteten Augen. »An diesem Mischhahn war irgendwas, irgendein Wesen!«

»Ich will kein anderes Yoghurt!« brüllte ein anderer erregt. »Ich will Scha-den-er-satz!«

Billy griff sich den Mann, der »das Wesen« an dem Mischhahn gesehen haben wollte. »Was für eine Art Wesen war das, das Sie da gesehen haben?«

»Weiß ich nicht, irgendwas Pelziges! Und das nennt sich dann Gesundheitsnahrung!« Der Mann wirkte total verstört.

Billy spähte mit äußerst gemischten Gefühlen auf die Uhr.

Zehn nach zwölf! Volle zehn Minuten nach Mitternacht!

Er zog Kate beiseite.

»Da haben wir die Bescherung! Es ist nach Mitternacht, und die haben gefuttert! Und jetzt fangen sie an mit ihren Kokons ... und wenn sie jetzt auch an Wasser kommen ...«

»Du machst mir Spaß«, murmelte Kate.

Aber Billy konnte in ihren Augen sein eigenes angsterfülltes Gesicht sehen.

Kate zog ihn hastig zu den Aufzügen.

»Wo willst du hin?«

»Ins sechste Untergeschoß!«

»Was?«

»Schau, ich bin hier bekanntlich Besucherführerin. Ich kenne dieses Gebäude. Ich muß dir was zeigen.«

Die Lifttür glitt auf. Es schien Ewigkeiten zu dauern und waren doch nur Sekunden, bis ihn Kate in einen höhlenartigen Korridor führte, der nur schwach beleuchtet war. Es roch hier nach Wasser und Beton. Sie zog ihn durch das gespenstische Halbdunkel mit sich zu einem Laufsteg.

»Hier entlang«, sagte sie.

Und dann stolperten sie in der Dunkelheit fast darüber.

Kokons.

Kate wich entsetzt vor den schleimigen Haufen zurück. »Was ist das?«

»Nein!« stöhnte Billy, und Panik stieg in ihm hoch. »Sie haben sich schon verkokont!«

»Die sind so . . . fettig!«

Und das waren sie tatsächlich. Schleimig, feuchtglänzend, grünlich und bereits hüpfend und stoßend vor innerer Lebendigkeit.

»Morgen früh schon schlüpfen die alle aus!« rief Billy. »Und wenn die anderen da oben naß werden . . .«

»Billy, tut mir so leid, daß ich den Falschen mit nach Hause genommen habe. Aber er hat genauso ausgesehen wie –«

»Schon gut, es war mein Fehler. Ich hätte Gizmo auf keinen Fall allein lassen dürfen. Wir müssen ihn finden.«

»Komm. Hier entlang.«

Sie kamen zu einem tiefen, rechteckigen Nebenraum in der Mauer, in dem sich schweres Gerät und Installationen befanden – Rohre, Pumpen, Meßgeräte. Alle summten und vibrierten vor Energie und waren hinter einem Maschendrahtgitter.

»Hier sind die Wasserrohre, die Hausanschlüsse«, erklärte Kate.

»Gut. Vielleicht schließen sie das ganze Haus, wenn wir den Haupthahn zudrehen.« Er ging zu einer Ecke des Gitterkäfigs und begann die Drahtmaschen an der Eckkante auseinanderzubiegen, um sich einen Spalt zum Durchschlüpfen zu öffnen.

Im Kontrollraum für die Versorgungssysteme bemerkte der Techniker vom Dienst Henry Amos, daß ein Warnsummer ertönte. Der leitende Techniker der Nachtschicht Ned Marshall hörte es ebenfalls und kam näher, um sich das rotblinkende Diagramm der Wasserpumpen genauer anzusehen.

»Mal die Überwachungskamera an«, sagte er.

Henry Amos gab ein entsprechendes Kommando in seinen Computer ein, und gleich darauf erschien auf dem Bildschirm ein junger Mann, der das Gitter im Wasserpumpenraum auseinanderbog.

»Was ist denn...«, rief Ned Marshal verblüfft und war schon an der Sprechanlage. »Wache!« schrie er hinein.

Und dann drückte er noch den Alarmknopf.

Billy hatte sich eine Öffnung im Gitter geschaffen. Er mußte da hinein und das Wasser abstellen, bevor die Mogwais, die sich nach Mitternacht Nahrung einverleibt hatten, an die Hähne kamen!

Doch da blendete ihn plötzlich grelles Licht.

»Zurück!« befahl ein Wachtposten hinter dem Scheinwerfer. »Und nehmen Sie die Hände hoch!«

Er fuchtelte mit einer Pistole herum.

Billy zitterte. Pistolen machten ihm eine Heidenangst.

Er trat zurück. Kate war neben ihm.

Und der Mogwai in seiner Mappe suchte sich ausgerechnet diesen Augenblick aus, um Lebenszeichen zu geben.

»Was haben Sie da drin, Freundchen?« wollte der Wachmann wissen.

»Nichts«, murmelte Billy.

»Ah ja? Dann sehen wir doch mal nach.«

»Tun Sie das lieber nicht«, protestierte Billy.

Aber der Wachmann ignorierte das und griff hastig nach der Mappe, zog den Reißverschluß auf und sah hinein.

»Iiiiiiiiiih!« schrie er auf.

Sein Kopf fuhr ruckartig zurück.

In seine Nase hatte sich Mogwai Daffy verbissen. Der Wachmann schüttelte heftig den Kopf hin und her, um das Ding loszuwerden, bis er Daffy tatsächlich abgeschüttelt hatte, der dann jedoch sofort in die Dunkelheit entfloh.

»Nein!« schrie Billy.

Das Patschen der sich entfernenden Füße Daffys hallte durch den unterirdischen Gang.

Der Wachmann fand seine Fassung wieder, und das erste, was ihm einfiel, war, Billy zu packen, um ihm Handschellen anzulegen.

»Zum Teufel«, schrie Billy ihn an, »wir müssen ihn einfangen, bevor er etwas frißt!«

Der Wachmann deutete zornig auf seine blutende Nase. »Das hat er wohl schon getan!«

Billy schaute sich nach Kate um. Sie hatte sich versteckt.

»Hören Sie zu, Mann«, beschwor er den Wächter, »wir müssen das ganze Gebäude sperren, verstehen Sie? Das Ding, das Sie gebissen hat... von denen gibt es noch mehr, klar? Und die werden Sie in... diese Monster und...«

»Ich sag' Ihnen was, Freundchen. Das alles erzählen Sie besser der Polizei. Das alles mit Ihren Monstern. Die interessiert das ganz bestimmt brennend.«

Er zerrte Billy mit sich.

»So hören Sie doch zu!« rief Billy. »Ich bin nicht übergeschnappt! Aber die Menschen hier drin sind in großer Gefahr! Diese Biester machen alles kaputt! Die bringen Leute um! Wenn sie hier rauskommen, zerstören sie die ganze Stadt... Die machen alles, was ihnen in die Quere kommt, kaputt. Hören Sie doch auf mich, bitte!«

Natürlich hörte der Wachmann nicht auf ihn. Die Wahrscheinlichkeit, daß man ihm Geschichten dieser Art schon des öfteren erzählt hatte, war ziemlich groß.

Und also schleppte er Billy weg, der bemerkte, wie sich die Kokons bewegten, rollten, rumpelten und gurgelten. Sie wuchsen... wuchsen!!

Zwölftes Kapitel

Ein Morgen in New York.

Die Sonne stieg zögernd aus dem Atlantik empor, nahm eine Tasse Kaffee und ein Käsegebäck bei Nedicks, um dann schwerfällig weiterzuziehen, hinauf in den Himmel, wo sie hingehörte. Natürlich mit einer *Daily News*, in der die Sportergebnisse standen.

Im Revier Manhattan-Mitte eilten Kate und Billy die Treppen hinunter, vorbei an einer Gruppe handschellengefesselter Straßenpantomimen.

»Danke fürs Rausholen«, keuchte Billy. Er hatte die erste Nacht seines Lebens im Gefängnis verbracht. Es war keine angenehme Erfahrung gewesen.

»War ganz leicht«, sagte Kate. »Ich habe ihnen einfach die Miete für nächsten Monat gegeben.«

»Wir müssen, wenn wir jetzt hinkommen – du zu deinem Job, meine ich – ganz normal tun. Halt die Augen offen. Wie spät ist es?«

Kate sah auf die Uhr. »Halb sieben.«

Und sie rannten durch die noch nicht sehr vollen Morgenstraßen zum Clamp Center, so schnell sie nur konnten.

Die nikotinbefleckten Finger der Morgendämmerung griffen nach dem Clamp Center, als die ersten Arbeiter es betraten. Die zahllosen Läden in der Mall absolvierten ihre Vorbereitungen zur Öffnung. Rolläden gingen hoch, Türen wurden aufgeschlossen.

Kein Anzeichen mehr von dem Yoghurtaufstand gestern am späten Abend. Nicht einmal der Morgenklatsch im Hause befaßte sich damit. Ratten? In New York? Und? Wun-

derte sich vielleicht jemand, daß es in Hoboken Newjerseyer gab?

Der Zeitungskiosk bekam eben seine Pakete der *Times* und der *Post* und der *Daily News*, die dann neben den Porno-Magazinen, Pferdewettblättern und sogar – doch wirklich – Stapeln des *New Yorker* ausgelegt wurden. Am Espresso-Café *Really Wired*, am Bräunungsstudio *Tippy Top* und bei *Scissors Wizards*, einem Frisiersalon, der gerade top-in war, gingen die Wellblechrollos hoch.

Auch in den tiefsten, untersten Bereichen des Gebäudes regte sich Leben.

Die Kokons begannen sich zu öffnen.

Gespenstische Rauchschwaden waberten über ihnen, als die schleimigen Dinger aufplatzten und große Pfützen brandigen Breis aus ihnen flossen, in denen sich ihre höllische Brut ins Freie ergoß.

Oben war Mogwai Gizmo völlig verstört.

Erst vor einer Stunde war es ihm endlich gelungen, seine Angst und den klaustrophobischen Schrecken, in dem er sich die ganze Zeit befunden hatte, zu überwinden. Dann war er einen der Luftschächte hinauf und durch einen anderen wieder nach unten geklettert, hatte sich dabei aber dann so total verlaufen, daß er nicht mehr aus noch ein wußte.

O Billy, Billy, dachte er in einem fort, wo bist du nur? Und er tastete sich wieder einige Schritte vorwärts in der Dunkelheit der Luftschächte.

Und dann hatte er auf einmal keinen Boden mehr unter den Füßen.

Er fiel. Lange. Er ruderte hilflos mit den Armen und versuchte verzweifelt, wenn auch vergeblich, irgendwo Halt zu finden.

Er fiel und fiel weiter, es schien überhaupt kein Ende mehr zu nehmen. Er war sich bereits sicher, daß das Ende seines Falls am unteren Ende dieses Schachts auch sein eigenes Ende bedeute ... und daß er Billy nie mehr wiedersehen würde ... und ihm nie mehr Lebewohl sagen könnte ...

Aber dann wurde die Dunkelheit zu einem dunstigen, rauchigen Halbdunkel ...

... und er landete auf etwas Weichem und Nachgiebigem, das seinen Sturz so abfederte, daß ihm überhaupt kein Leid geschah ...

Er war auf einem Mogwai-Kokon gelandet!

Er wußte es sofort, als er sich aufgerappelt hatte und zurückwich. Ein Mogwai-Kokon und noch viele andere dazu! Diese Dinger waren einmal George, Lenny und der Irokese gewesen.

Er wich weiter zurück und zitterte. Das Gefühl drohenden Unheils überwältigte ihn.

»Billiiiiiiiiieeeeeeee!« quietschte er voller Angst.

Er mußte hier weg.

Weg – und Billy warnen.

Er mußte verhindern, daß dieser Wahnsinn sich noch einmal ereignete!

Wenn die Gremlins eine Chance bekamen, sich New Yorks zu bemächtigen, dann gute Nacht! Gizmo wollte gar nicht erst daran denken.

Und dann griff ihn plötzlich von hinten eine grüne Klaue und riß ihn rückwärts von den Beinen.

Er wurde herumgedreht. Und da war es. Direkt vor ihm, wie die *Kreatur aus der Schwarzen Lagune*, über und über grün und eidechsig und großohrig und schuppig und spitzzähnig und bösäugig. Ein riesiger Gremlin. Mit einem Haarschnitt direkt aus James Fenimore Cooper.

Der Irokese!

Das bösartige Wesen funkelte ihn an wie der Teufel persönlich. Packte ihn. Schüttelte ihn durch. Und die gemeinen Augen sagten alles, kein Wort war mehr nötig.

Der böse Blick sagte: »Ich übernehme jetzt hier das Kommando, du Blödian, klar? Und jetzt kriegst du es, du dämlicher kleiner Mogwai.«

Hinter ihnen hallte das gemeine Gelächter seiner beiden Genossen durch den düsteren Gang. Gizmo wurde gepackt und an die Wand gedrückt, gleich neben einer Reglerkonsole für die Stromversorgung des Gebäudes.

Der Irokese drückte ihm den Kopf gegen die Mauer und nickte seinen Kumpanen George und Lenny zu, die sich ebenfalls zu Kreaturen wie aus den Alpträumen Mephistos verwandelt hatten. Sie drängten heran. Gemein grinsende Gesichter, als lauschten sie einer obszönen Zote.

Der Irokese riß mit einem Ruck ein paar Kabel ab, um Gizmo damit anzubinden.

Dann sah er erst ihn an und dann die beiden anderen Gremlins – mit einem Blick, der bedeuten mochte: Bitte sehr, ihr Kumpel, er steht zu eurer Verfügung. Vergnügt euch mit ihm!

Er selbst verschwand im Dunkeln und brütete gewiß weitere böse Pläne aus.

George deutete freudig auf die Instrumenten- und Schaltkonsole und klopfte auf eines der freiliegenden Kabel. Lenny kam herbei, rollte einfältig seine Zunge, sabberte, packte das Kabel und riß es ab.

Funken flogen. Er reichte George das abgerissene Ende des Kabels, das nach wie vor unter Strom stand.

»Neeeeeeeeeeeeeeeeeeein!« brüllte der Gremlin.

Aber es war zu spät.

Der Stromschlag warf George nicht weniger als zwei Meter weg.

Er rappelte sich mit rauchendem Leib hoch, stürmte wütend auf Lenny los und haute ihm erst ein paar rein, ehe er sich das Kabel noch einmal griff. Und seine wäßrigen Augen funkelten und glitzerten, als er sich mit dem abgerissenen freien Ende dem hilflosen, angebundenen Mogwai Gizmo näherte.

Billy Peltzer und Kate Berringer rannten atemlos durch die Tür der Eingangshalle des Clamp Centers. Die meisten Geschäfte waren inzwischen bereits geöffnet, und die Mall war bevölkert. Niemand hatte eine Ahnung von der grünen Gefahr, die sich in diesem Gebäude zusammenbraute.

»Billy«, sagte Kate, »was ist, wenn sie schon ...«

Billy war schon fast wahnsinnig, aber entschlossen, die Hoffnung keinesfalls aufzugeben. »Sie sind. Komm schon!«

Sie hasteten auf den Zeitungsstand zu, als sie direkt in Grandpa Fred hineinliefen, der schon wieder in seinem vollen Vampirkostüm war.

»Tag, Billy«, sagte Fred. »Das ganze Haus ist heute völlig durchgedreht, sage ich euch!«

Billy blieb nicht einmal stehen, sondern lief weiter und zerrte Kate hinter sich her: »*Hi*, Fred. Ja, weiß ich ...«

Fred sah ihnen verwundert nach. »Ja, ja, sicher! Sie sind ja jung und wissen alles ...!«

Billy schoß auf den Zeitungsstand zu, blieb stehen und griff sich vier Souvenir-Taschenlampen, alle in der Form des Clamp-C.

»Sechsundachtzigdreißig, mit Steuer«, sagte die Verkäuferin gelangweilt.

Billy hörte sie gar nicht. »Ich fahre rauf«, erklärte er Kate, »und du –«

Dann fiel der Groschen erst.

»Wieviel, sagten Sie?«

Die Verkäuferin rechnete es ihm achselzuckend vor. »Viermal neunzehnfünfundneunzig.«

»Schreiben Sie's an!« sagte Billy.

Er reichte Kate zwei der Taschenlampen und trieb sie weiter durch die Halle.

»Denk dran«, sagte er, »sie halten kein helles Licht aus. Wenn dir einer zu nahe kommt, sofort einschalten.«

Wie aus dem Nichts stand auf einmal Marla vor ihm. Bevor er noch etwas sagen oder tun konnte, hatte sie ihn schon mit einer heftigen Umarmung und einem dicken Kuß beglückt.

»Guten Morgen, Billy«, strahlte sie ihn an und war ganz

außer Atem. »Der Abend gestern war ja so nett. Wir müssen das bald mal wiederholen ...«

Billy wußte zwar gut, daß er jede Menge Probleme hatte, war aber wild entschlossen, so zu tun, als sei gar nichts. Er murmelte und stammelte und versuchte eine anständige Vorstellung zuwege zu bringen.

»Ähm ... Marla, das ist Kate, meine ...«

Marla tat, als hätte sie Kate noch nie im Leben gesehen. Sie ließ ihren Blick absichtlich ganz flüchtig über sie hinweghuschen und hatte es plötzlich eilig: »Tja, also ich muß ... wir sehen uns dann oben, Billy, nicht?« Und ein letzter eisiger Blick auf Kate. »Hübschen Hut haben Sie da.«

O Mann, dachte Billy, wie komme ich da nur wieder raus? Er wandte sich Kate zu. Sie stand unverkennbar unter Dampf. »Paß mal auf, Kate, das ist ... also, ich erklär' dir das besser ...«

»Fang bloß jetzt nicht an, etwas zu erklären«, erwiderte sie kühl und eisig, »sonst platze ich!«

Alles war somit ideal gerichtet für einen heftigen Krach. Doch Billy wurde noch einmal gerettet, diesmal durch das Erscheinen von Kates direkter Vorgesetzter, einer sauertöpfischen Spraybrünetten, deren *Clamp Center*-Hut etwas verwelkt aussah.

»Na, Kate, jetzt wird es aber Zeit!«

»Entschuldigung!« sagte Kate und schnitt jede weitere Diskussion mit Billy ab, ehe sie ganz einfrieren konnte. »Aber ich muß jetzt zur Arbeit.«

Billy schüttelte nur den Kopf. Er konnte sich im Augenblick den Luxus, seine Beziehung zu Kate einer eingehenden Erörterung oder Überprüfung zu unterziehen, nicht leisten. So wie die Dinge standen, war die ganze Stadt kaputt, ehe er und Kate überhaupt die Chance hatten, vor den Scherben ihrer Beziehung zu stehen. »Aber ... hör zu, ich fahre rauf zum Kontrollraum. Wenn ich in einer Viertelstunde nicht wieder hier unten bin ...«

Kate explodierte nun doch. »Billy, falls wir heute abend

alle überhaupt noch am Leben sind, wirst du mich erst richtig kennenlernen!« Und sie stürmte davon.

»Kate –!« versuchte er sie zu besänftigen, aber sie war schon weg.

»Na großartig!« murmelte er und ging zu den Aufzügen.

Auf dem Weg kam er an einer Kleiderboutique vorbei, in der ein Teenagermädchen gerade eine Jeans hochhielt und eine Verkäuferin fragte: »Entschuldigung, haben Sie auch welche ohne . . . diese Fransen?«

Billy sah hin. Die Jeans waren am Knie abgerissen. Das waren keine Fransen, es war schlicht und einfach mit Klauen abgerupft!

Zum Teufel, die Gremlins waren schon zugange!

Und da war es auch schon. Aus der Boutique kam ein seltsamer Schrei.

»Wahuuu!«

Endlich hatte er den Weg ins Kontrollzentrum des *Clamp Center* gefunden – tief unter dem Haus.

Frank Forster machte dort eben seine Morgenrunde.

Billy ging auf ihn zu.

»Mr. Forster –«

»Peltzer! Was, bitte, suchen Sie noch hier in diesem Haus? Letzte Nacht mußte man Sie hier verhaften, und jetzt haben Sie den Nerv, noch einmal hierherzukommen?« Er wandte sich zu einem Techniker um. »Rufen Sie die Wache. Er ist ausgebrochen!«

Und er wandte sich zum Gehen, Billy folgte ihm.

»Mr. Forster, wir müssen das Gebäude räumen! Auf der Stelle!«

»Ach ja? Tatsächlich? Und warum, bitte?«

»Es befinden sich . . . bestimmte Lebewesen im Haus. Anfangs sind sie nur ganz kleine Pelzknäuel, doch dann nehmen sie Nahrung auf und verpuppen sich in Kokons und schlüpfen dann wieder aus als kleine, grüne –«

»Aha«, machte Forster kopfschüttelnd. Zuerst war er erstaunt, dann ungehalten. »Dachte ich es mir doch. Drogen, es müssen Drogen sein! Sie scheinen mir ein klein wenig high zu sein, Peltzer, wie? Schön, dann hören Sie jetzt mal gut zu, Mister Blumenkind –«

»Nein, Sie hören mir zu!«

Einer der Techniker drehte sich in seinem Sessel herum. »Das ist gut, was? Zuerst sind sie Pelzknäuel, dann haben sie Kokons . . .!«

»Nein, zuerst fressen sie!«

»Natürlich, ja, natürlich«, sagte ein zweiter Techniker und beteiligte sich auch an dem Spaß. »Klar, man will ja was im Magen haben, ehe man in so einen Kokon reinkriecht, nicht?«

Und der Spaß und das Gelächter steckte nach und nach auch alle übrigen Techniker an.

»Mann! Wir werden alle zugeschleimt!«

Dreizehntes Kapitel

Besuchergruppen durch das *Clamp Center* zu führen, war nicht einmal zu den besten Zeiten ein Traumjob. Aber es wurde richtig zum Alptraum, wenn man, wie Kate Berringer jetzt, ziemliche und akute Sorgen wegen einer Gremlin-Invasion hatte.

Sie bekam das Bild der glitschigen, riechenden Kokons einfach nicht aus dem Sinn.

Diese Kokons, die aufplatzten und aus denen diese – ekligen Dinger krochen.

Damals, als sie noch an der Bar in Kingston Falls war, hatte sie allerlei komische Typen zu bedienen gehabt. Aber diese Gremlins waren wie besonders ausgeprägte Parodien sämtlicher menschlichen Sünden gewesen. Was die mit dieser Kneipe angestellt hatten... unvorstellbar. Und jetzt stelle man sich mal vor, sie hausten auf diese Weisc in New York!

Gut, es gab immer noch die Möglichkeit, daß Manhattan nun doch eine Nummer zu groß war für das Kroppzeug!

Kates Tour an diesem Morgen bestand aus den üblichen Hawaiihemden-Hinterwäldlern und dazu europäischen Touristen mit kurzen Hosen, Sandalen und weißen Socken. Der einzige, etwas verloren wirkende Japaner hatte sich ihr zu Beginn der Tour ganz förmlich vorgestellt. Er hieß Katsuji und hatte ihr mit feierlicher Verbeugung eine kleine Packung Super-Zitronenbonbons überreicht. Sie hatte das sehr nett gefunden, aber im Laufe der Führung begann er ihr nun doch mehr und mehr auf die Nerven zu gehen. Er war bepackt mit einer umfangreichen Fotoausrüstung. Er hatte Kameras und Objektive im Dutzend umhängen und sah aus wie die High-Tech-Dekoration eines Bonsai-Christbaums. Dazu hatte er selbstverständlich auch noch das letzte Sony-Video-Kameramodell, das er wie eine Laser-Waffe aus *Star Wars* um den Hals hängen hatte.

Und mit dieser ganzen Ausrüstung hatte er dermaßen zu tun, daß er immer wieder verlorenging oder die ganze Gruppe auf ihn warten mußte. Nicht nur sah das Management des Hauses es nicht gern, wenn Mitglieder von Führungsgruppen abhanden kamen, sondern die Führungen hatten auch exakt nach einem festen Zeitplan zu erfolgen, den die Effizienzexperten der *Clamp Corporation* ausgetüftelt hatten.

Als Kate zum drittenmal die Gruppe stehen lassen mußte, um nach dem Japaner zu suchen, begann sie die Geduld zu verlieren.

»Entschuldigen Sie, Sir«, sagte sie und bemühte sich sehr, die Contenance zu bewahren und nicht unfreundlich zu werden, »aber ich muß Sie bitten, bei der Gruppe zu bleiben.«

Doch Katsuji beachtete sie gar nicht – er hielt seine Videokamera weiter auf sie gerichtet.

»Sehr gut!« frohlockte er. »Vielen Dank. Wenn Sie mir bitte nun beim Weitersprechen noch das Profil zuwenden möchten?«

Kate gab kopfschüttelnd auf und ging zur Gruppe zurück.

»Wie ich also sagte, sind dies hier die Studios des Clamp-Kabelfernsehnetzes. Wir können kurz hineingehen und zusehen, wie ein Programm aufgezeichnet wird. Voraussetzung ist jedoch, daß Sie sich alle absolut ruhig verhalten.«

Sie führte ihre Gruppe ins Studio C. Dort wurde gerade das Programm »Mikrowelle mit Marge« aufgezeichnet – nicht gerade die tollste Sendung der Clamp-Studios, dafür aber die einzige, bei der Besuchergruppen als Zuschauer geduldet wurden.

Im Studio herrschte das typische Höhlenhalbdunkel der aus Holz und Pappe und Tackerklammern bestehenden Dekorationen, die erst mit genau ausgetüftelter Beleuchtung hell und telegen werden. »Mikrowellen-Marge« plauderte gerade über ihre neuesten lukullischen Kreationen und setzte ein Tablett mit eher grau aussehenden Kanapees neben einer heißen duftenden Kasserolle mit Wiener Würstchen ab.

»Diese Woche gilt hier bei ›Mikrowelle mit Marge‹ unsere spezielle Reverenz dem *Luncheon Meat*, und da habe ich ein paar wirklich ganz aufregende Rezepte für Sie, meine Damen. Fangen wir also ohne weitere Vorrede gleich an, und zwar mit einigen Horsd'œuvres. Sehen Sie, diese Bologna-Bohnen-Dip-Rollen hier sind einfach und schnell zubereitet, wenn mal unverhofft Besuch kommt und Sie etwas Besonderes anbieten wollen. Dazu können Sie dann als kleines Extra auch diese Zahnstocher in Schwertform stellen. Sie verwenden sie als Picker, sehen Sie, so. Sie stechen Sie einfach in die Bologna – und fertig ist Ihr Appetithappen Marke ›Viva Zapata‹! Die Leute sind ganz wild danach . . .«

Tief unten im Kontrollraum des *Clamp Center* wartete Forster ungeduldig, bis die Techniker sich mit Billy endlich zu Ende amüsiert hatten. Die Unterhaltung hatte rasch die Form einer Diskussion in der Sonntagsschule über theologische Fragen angenommen, wie beispielsweise Glaubenszweifel und allzu vorwitzige Kinder.

»Na gut«, sagte einer der Techniker mit einem Bürstenhaarschnitt gerade, »also was ist, wenn einer von den Kerlen um, sagen wir, elf was ißt, aber es bleibt ihm was zwischen den Zähnen hängen –«

»Genau«, sagte ein anderer. »Kümmelkörner zum Beispiel.«

»– und dann kriegt er es endlich raus, aber jetzt ist es schon nach zwölf? Gegessen im eigentlichen Sinn hat er ja nicht nach zwölf, nicht?«

»Mann«, beschied ihn Billy, »ich habe mir das doch nicht ausgedacht mit diesen Regeln! Es gibt jedenfalls –«

»Regeln!« warf Forster kopfschüttelnd ein. »Wer soll denn das glauben?«

»Oder er futtert in einem Flugzeug, und dabei überfliegen

sie eine Zeitzone?« gab ein anderer zu bedenken, und alle mußten sehr über diesen Gedanken lachen.

Und sie schütteten sich aus vor lachen – bis auf einmal zwei grüne Schuppenarme durch die Konsole krachten und Reglerknöpfe und Lautsprechergitter in Rauch und Funken aufgingen.

O mein Gott! dachte Billy nur. Er war so erschrocken, daß er wie gelähmt war.

Es geht also los!

Klauenfinger legten sich um den Hals eines der Techniker, zogen ihn nach hinten und schlugen ihm den Kopf an das Instrumentenbrett. Dann erschien ein besonders häßlicher und gemeiner Gremlin in dem Loch in der Wand.

Ein Gremlin, der sich eine Irokesenfrisur leistete.

Er fuhr damit fort, sein Opfer zu würgen. Sein Blick war böse und niederträchtig.

Einer der Techniker kam seinem Kollegen zu Hilfe. Doch der Irokesen-Gremlin zog ihm seine scharfen Klauennägel über den Arm und grunzte zornig.

Billy leuchtete ihm mit der Taschenlampe ins Gesicht. Da erst schrie der Gremlin auf, ließ los und verschwand schutzsuchend in der Dunkelheit.

Forster und die Techniker standen wie vom Donner gerührt da und trauten ihren Augen nicht.

Und schließlich betrachteten sie Billy Peltzer, als sähen sie ihn zum erstenmal.

Mikrowellen-Marge stand in ihrer künstlichen Dekorations-Superküche. Auf einem Gasherd hatte sie einen Suppentopf, in ihrer Hand brannte ein Streichholz.

»So haben wir einst für viele Personen gekocht – bevor wir unsere Mikrowellenherde hatten und alle die anderen modernen Küchengeräte.« Sie wandte sich dem Gasherd zu. »Ein komplettes Menü zu planen, würde Tage dauern, und es zuzubereiten immer noch Stunden! Und wir bräuchten einen wahnsinnig heißen Herd dazu. Jetzt aber können wir das gleiche Thunfisch-Nudeln-Schmelzkäse-*Chowder-Surprise*-Gericht im Handumdrehen, nämlich in ein paar Minuten, auf den Tisch bringen! Und zwar ganz gleich, ob Sie nun eine ganze High-School-Versammlung zu verköstigen haben oder Ihre Lieben zu Hause! Und alles mit der gleichen hohen Qualität!«

Und damit setzte sie klappernd den Deckel auf ihren Mammut-Suppentopf.

»Nicht wahr? Also, wenn wir uns jetzt dann hier herüberbegeben . . .«

Auf einmal begann das Licht an- und auszugehen.

Marge sah sich mehr ungehalten als verwundert um. »He, was ist? Sagt mir doch, wie das Spielchen heißt, damit ich es auch mitspielen kann, Freunde!«

Von irgendwoher kamen tappende Schritte.

Mikrowellen-Marges Blick wanderte suchend umher. Woher kamen denn diese Patschschritte?

Als ihr klar wurde, daß sie aus ihrem Suppentopf kamen, war sie wirklich verblüfft. Aber das war noch gar nichts gegen die Verblüffung, die ihr widerfuhr, als sie den Deckel abnahm.

Plötzlich erhob sich nämlich aus diesem ein mit Sellerie-kraut und Nudeln behängter, blöde grinsender Gremlin.

Lenny sah ungefähr aus wie ein Gorillagremlin nach einer Lobotomie-Gehirnlappenoperation. Er bespritzte Mikrowellen-Marge mit Truthahnsuppe und schüttete sie ihr ins Gesicht, über ihre schöne Schürze und die blütenweiße Hemdbluse.

Sie kreischte auf. »Iiiiiiiiiiiiiih, was ist denn das?«

Doch nur ein schroffes, schreckliches Gelächter hinter ihr antwortete ihr. Sie fuhr herum – und sah sich einem zweiten Gremlin gegenüber, der, es war nicht schwer zu vermuten, zuvor Mogwai George gewesen war und sich eine Küchenschürze umgebunden und eine Kochmütze aufgesetzt hatte. Und seine Augen gierten in Vorfreude auf ein hübsches, aber schon sehr hübsches Dinner.

Marge wandte sich hilfesuchend dem Kameramann zu und winkte verzweifelt um irgendwelche Hilfe. Inzwischen aber hatte Gremlin George sein Interesse für den Mikrowellenherd in der Mitte der Dekoration entdeckt.

War das ein Prachtstück!

Japanisches Modell. Aus einer nagelneuen Produktserie namens NUKEIT. Das Baby besaß einen Gigawatt-Generator, der Speck im gleichen Augenblick, in dem man ihn hineinlegte, knusprig briet. Dieses Gerät war auch Marges ganzer Stolz und ganze Freude! Es blitzte und funkelte nur so – war ja auch von ihr eigenhändig frisch geputzt mit Clamp-Spezialherdreiniger – jetzt mit Zitrone!

Gremlin George sagte hingerissen: »Mi-kro-wel-le!« Und raste daraufhin wie verrückt im ganzen Studio herum, grapschte sich Metalltöpfe und packte sie in die offene Tür des Mikrowellenherdes NUKEIT. Und als der NUKEIT rappelvoll war, schlug er die Tür zu, drehte die Knöpfe auf *FULL* und *MAX* und schaltete ein.

Der NUKEIT begann das Zeug zu nukleisieren.

Die Mikrowelle beamte mit ratterndem Summen die ganzen Metalltöpfe weg.

Mikrowellen-Marge, natürlich Expertin auf diesem Gebiet, wußte gut, was passierte, wenn man Metall in einen Mikrowellenherd steckte – und noch dazu einen solchen Haufen Metall in diesen wunderbaren Herd, der besonders stark und auf volle Leistung eingestellt war.

»Aufpassen!« warnte sie.

Denn wenn Mikrowellen auf Metall treffen, bilden sie Bögen. Und wenn sie auf ordentliche Mengen Metall treffen, bilden sie auch eine ordentliche Menge Bögen.

Der Mikrowellenherd blitzte und flackerte nur so im blauen Licht. Hin und her und immer größer und kräftiger waberten die Lichtbögen, bis der ganze Herd zu rütteln anfing wie der kleine tapfere Toaster, der eigentlich könnte, aber es nicht tut.

Und dann flog er in die Luft.

Es regnete Glas auf die ganze Dekoration. Die Leute schrien und stoben davon.

Ihren kostbaren Mikrowellenherd explodieren zu sehen war zuviel für Mikrowellen-Marge.

»Nichts wie raus hier!« sagte sie, packte den Kameramann am Ärmel und zog ihn mit sich nach draußen.

Drinnen züngelten bereits die Flammen aus dem Chaos zur Decke hinauf.

Und die Gremlins kicherten böse und vergnügt.

Vierzehntes Kapitel

Krachend stürzten Trägerbalken ein. Gremlins stellten sich vor die Livekamera und zeigten dem verblüfften Amerika von Küste zu Küste ihre grünen Schwielenhintern. Zum Glück waren die Kameras bald zu Schrott zerhauen und die Leitungen gekappt, andernfalls wären zweifellos Tausende und Abertausende Amerikaner verrückt geworden. Oder hätten wenigstens auf einen anderen Kanal umgeschaltet.

Auch im übrigen Gebäude war der Teufel los.

Beispielsweise herrschte das totale Inferno rings um den Mogwai Gizmo herum.

Einer der widerlichen und satanischen Gremlins hatte den armen Teufel mit Scotchtape auf den Deckel eines Fotokopierers geklebt und war nun dabei, Kopie auf Kopie von ihm anzufertigen. Genau gesagt, war es wieder kein anderer als der Irokese, der rasch wieder zurückgekommen war und mit sadistischem Vergnügen den hilflosen Kleinen quälte und terrorisierte.

Tief unten im Kontrollzentrum des *Clamp Center* waren die Techniker gespalten zwischen sachlicher Nüchternheit im Umgang mit der ungewöhnlichen Situation und einer sehr, sehr heftigen Bestürzung.

Immerhin, es passierte ja schließlich nicht jeden Tag, daß ein ausgewachsener Wolkenkratzer eine Invasion kleiner grüner Monster erlebte.

Sie arbeiteten wie die Wilden an ihren Konsolen.

Hinter ihnen lief Forster in heller Panik hin und her. Von Zeit zu Zeit warf er total ungläubige Blicke auf die Monitore.

»Mister Forster«, sprach ihn dann einer der Techniker an, »ich habe hier an fünf Stellen starke Lichtverringerung.«

Und ein anderer meldete: »Bei mir sind Ausfälle der Klimatisierung, auf den Etagen fünfzehn und sechzehn.«

»Was, zum Teufel, geht hier eigentlich vor?« fragte Forster und hob hilflos die Arme, als wolle er den Himmel selbst anrufen.

»Sir!«

Er ging zu dem Monitor, an den er gerufen worden war. »Der Monitor für den Ungezieferbefall...«

»Was ist das da?« fragte Forster. »Doch nicht etwa Ratten?«

»Nein, Sir, ich fürchte, keine –«

Beim Techniker drei klingelte das Videophon. Forster griff es sich und hob selbst ab.

»Kontrollraum!« bellte er hinein.

Auf dem Videophonschirm erschien Kate Berringers Gesicht. »Bitte, ist Billy Peltzer bei Ihnen?«

»Nein«, antwortete einer der Techniker. »Er sagte, er wollte in das Büro von Mr. Clamp gehen. Ach, wissen Sie vielleicht irgend etwas über –«

»Vielen Dank.«

Kate hatte bereits aufgelegt. Sie war oben und lief nun zum Aufzug.

Sie nannte dem Computer das gewünschte Stockwerk und wartete auf die verhaßte, aber vertraute Stimme, die es bestätigen sollte. Doch statt dessen kam die albernde Stimme eines Gremlins: »Ist gut, Baby!«

Kate war zu Tode erschrocken und wollte schnell wieder aussteigen, doch da krachten ihr die Türen vor der Nase zu. Der Aufzug fuhr los.

Und blieb dann plötzlich mit einem heftigen Ruck stehen.

Ganz oben in dem riesigen Gebäude namens *Clamp Center* befand sich eine ganze Suite von Büros, die von denen des übrigen Hauses abgesondert waren – und zwar nicht nur durch räumliche Trennung und Baumaterial.

Es war das persönliche Reich des allgemein bekannten

Daniel Clamp, wo er rotierte und kommandierte und Entschlüsse faßte und astronomische Geldsummen bewegte und, kurz, sein Reich immer noch weiter und noch weiter vergrößerte und ausdehnte, und das alles mit der Hingabe eines kleinen Jungen, der Monopoly mit sich selbst spielt und sich dabei auch manchmal selbst ganz schön übers Ohr haut.

Daniel Clamp saß an seinem Schreibtisch.

Er war ein großgewachsener, kantiger Mann mit eckigen Bewegungen. Manche Leuten verglichen ihn mit Gary Cooper – nur noch hagerer –, andere meinten dagegen, seine Ähnlichkeit mit James Stewart – in einem mehr abgearbeiteten Zustand – sei größer.

Er selbst verglich sich am liebsten mit dem jungen Billy Graham – allerdings einem, der gerade herausgefunden hatte, daß die Leute ja doch in Wirklichkeit alle zur Hölle fuhren. Wozu also weiter das Maschinengewehr Gottes spielen, und nicht lieber saufen und huren nach Herzenslust, und doch die Gewißheit haben, am Ende durch das himmlische Tor zu schreiten?

Nicht, daß er ein großer Säufer gewesen wäre. Oder, was das betraf, ein Mordsschürzenjäger. Gar nicht. Im Gegensatz zu seinem Erzrivalen Donald Trump war er nicht wirklich darauf scharf, seine Spielsachen mit irgendwem zu teilen. Ihm genügte die Möglichkeit, daß er jederzeit, wenn er nur wollte, haben konnte, was ihm nur in den Sinn käme, um ihn zufrieden und glücklich sein zu lassen.

Und das bis zu einigen Minuten lang.

Er saß an seinem Schreibtisch und blickte auf sein Luxusbüro mit seiner Luxuseinrichtung, alles luxusgeordnet auf Teak- und Mahagoniregalen. Hier war keine Büroklammer, die nicht ein erstklassiger Designer entworfen, ausgesucht, hereingebracht und plaziert hätte. Alles sündteuer, verstand sich. Aber das Komische war, Daniel Clamp fand es alles oberstinklangweilig.

Er seufzte ein wenig.

Er stand auf.

Er ging zur Fensterfront.

Die Scheiben waren frisch geputzt und blitzten nur so im Morgenlicht. Und er blickte über die Skyline von Manhattan, und seine Augen wanderten von einem Wolkenkratzer zum anderen.

Meiner.

Meiner.

Meiner. Alles meins!!

Wenn das oberste und erste Gesetz im Immobiliengeschäft also »Lage, Lage, Lage!« hieß, dann bedeutete gegenwärtig der Name *Clamp Enterprises* »New York, New York, New York!!« – die Stadt, die man immer dreimal nennen mußte: *A city so nice they name it thrice.*

Die Trump-Ära hatte den *Big Apple* erfunden. Er schuf jetzt gerade die *Big Orange*! Dort raus nach Westen. Seine raffgierigen Übernahme-Feldzüge waren ja das Dauergespräch der Finanzwelt.

Und wenn man sich vor Augen hielt, daß das alles mit einer kleinen Radiostation begonnen hatte, in Peoria, Illinois, mit einem Diskjockey, der nichts hatte als einen Kopf voller Pläne und einen alten klapprigen Ford-Lieferwagen...

Ach ja! dachte Clamp und blickte mit Genugtuung über den East River. Das waren noch die guten alten Zeiten gewesen!

Aber heute war es ein wenig müde hier im Büro. Überhaupt nichts los!

Vor nächster Woche keine nennenswerte größere Übernahme.

Kein Prominentenball oder großes Sportereignis vor dem Wochenende.

Der Lunch mit Liz Taylor im Four Seasons auch erst um halb eins!

Und erst abends um acht das Rendezvous mit dem Sensations-Model der Saison!

Was in aller Welt konnte ein gelangweilter armer Milliardär anfangen?

Er ging zu seiner Sprechanlage und drückte.

»Miss Jones, wie ist das, haben Sie meine Post heute morgen in den Reißwolf gesteckt, oder was?«

Prompt und beflissen kam die Antwort seiner ausgesuchten, ungewöhnlich tüchtigen, ungewöhnlich fähigen, ungewöhnlich hübschen Sekretärin im Vorzimmer:

»Im Moment bin ich damit fertig, Sir!«

»Gut, dann machen wir mal ein paar Memos.«

»Ja, Sir, sofort, Sir.«

»Und ein bißchen flott, wenn ich bitten darf, Miss Jones. Ich bin ein sehr beschäftigter Mann, falls Sie das nicht wissen sollten!«

»Ja, Sir.«

Was konnte er bloß tun, gab es denn gar nichts zu tun für ihn? Er lief rastlos herum wie ein Tiger im Käfig.

Dann fiel sein Blick auf die Wand gegenüber. Sie war vollständig als Fernseh- und Radio-Kontrollzentrum gestaltet, mit Monitoren reihenweise und all solchem Zeug. Auf einem Monitor – vermutlich ging das gerade auch über den Sender des Clamp-Kabelfernsehens – lief eben der Film *Ist das Leben nicht schön?* James Stewart, im fiktiven zweiten Leben rennt die schneebedeckte Straße entlang, schreit: *Fröhliche Weihnachten, Kino! Fröhliche Weihnachten, Drugstore . . .!*

Und – nicht zu fassen, ein Affront für alles, wofür der Name Daniel Clamp stand: In Schwarzweiß!

Wie war das denn möglich?

Er knurrte, ging hin und besah es sich ganz aus der Nähe.

Dann atmete er erleichtert auf. Ach so, nur eine kleine Schwankung im Regler.

Mit freudigem Lächeln, das über seine schönen Gesichtszüge huschte, griff er nach den Reglern, – und schon wurde der alte Schwarzweißklassiker elektronisch koloriert.

Viel besser! Er seufzte mit großem Behagen auf. Das war es eben. Er wußte immer, was die Leute wollten. Immer schon. Und auch in Zukunft.

Im Vorzimmer zu Daniel Clamps Heiligtum residierte und regierte Linda Jones, eine Sekretärin von unauffälliger Effizienz und mit einem mächtigen Busen und Beinen wie Spezial-Weißwandreifen. Und den Moralbegriffen einer Straßenkatze.

Unnötig zu sagen, daß sie damit bei *Clamp Enterprises* zwangsläufig Karriere gemacht hatte.

Im Augenblick schob sie gerade einen Brief durch den Reißwolf zu ihrer Rechten. Es war ein ziemlich großer Reißwolf. Neuestes Modell, natürlich.

Wurde allgemein der *Ollie North*-Reißwolf genannt.

Daniel Clamp röhrte wieder durch die Sprechanlage. Sie sprang stramm auf, so daß ihre lange Blondmähne um ihre Schultern flog, spuckte ihren Bubble-Gum aus und griff nach ihrem Stenoblock.

»Memo-Zeit!«

»Ja, Sir!« Und sie war bereit, Papier und Schreibstift lagen im Anschlag.

Mr. Clamp diktierte ihr nicht gern in ihrer persönlichen Anwesenheit, weil es ihn immer so durcheinanderbrachte, wenn er Sätze formulieren sollte und dabei ständig ihre gewaltigen Brüste vor Augen hatte. Also diktierte er durch die Sprechanlage.

»Das erste Memo. An Frager von Public Relations. Wir geben den Leuten unten in Chinatown ein Straßenfest, als deren spontane Reaktion der Wertschätzung und Dankbarkeit für alles, was ich für sie getan habe.«

Miss Jones ließ üblicherweise das Frühstück ausfallen, um mehr Zeit für ihr Make-up zu gewinnen. Sie nahm sich meistens ein Sandwich vom Gesundheitsnahrungsladen unten in der Mall mit ins Büro, als Pausensnack. Heute hatte sie Erdnußbutter mit Banane.

Sie war ein Inbegriff der Sparte sexy der Sekretärinnenzunft. Jetzt hatte sie keine Ahnung, was sich im Augenblick zu ihren Füßen unter dem Schreibtisch, gleich neben ihren wohlgeformten Beinen in den teuren Seidenstrümpfen, zutrug. Und daß dort unten ein lebhaftes Interesse für ihr Pausen-Sandwich bestand.

Während sie intensiv mit der Aufnahme des durch die Sprechanlage kommenden Memos beschäftigt war, richtete sich hinter ihr ein Gremlin auf – wieder kein anderer als der Irokese. Er griff sich ihr Sandwich, packte es aus, klappte es auf und legte eine gespannte Mausefalle hinein.

Er verkniff sich ein Grinsen und verschwand wieder unter dem Schreibtisch, um zu warten, bis der Spaß losging.

Er mußte nicht sehr lange warten.

Linda Jones wurde hungrig und griff nach ihrem Sandwich.

Sie griff es sich zu dem gerade größten Biß, dessen ihr kleiner *petite bouche*, das kleine Mündchen, fähig war.

TSCHENG!!!

Sie schrie entsetzt auf.

Das heißt, wirklich, richtig, schrie sie erst, als gleich danach auf der anderen Seite ihres Schreibtischs das kleine grüne Monster auftauchte.

Drinnen, in seinem reitschulengroßen Büro, hörte Daniel Clamp seine Sekretärin schreien. Es war ein Schmerzens- und Angstschrei zugleich.

Daniel Clamp mochte viel sein, aber ein Feigling war er jedenfalls nicht. Ein geringerer Mann als er hätte vielleicht flugs seine Tür zugesperrt und dann schnellstens die Nummer des Wach- und Sicherheitsdienstes gewählt.

Nicht so Daniel Clamp, ein Amerikaner von altem Schrot und Korn. Pioniergeist und Ritterlichkeit! Sofort eilte er der Dame in Nöten zu Hilfe.

Er rannte durch die Tür, aber der Anblick, dem er sich gegenübersah, verblüffte ihn nicht wenig. Hinter Lindas Schreibtisch war etwas. Das allerhäßlichste kleine Monster, das er jemals gesehen hatte. Grün und mies wie Ted Turners Socken. Hatte den Pulli seiner Sekretärin an, hockte auf deren Stuhl und hackte wie verrückt auf der Computertaste herum. Und zwischen den zwei riesigen dämonischen Ohren spannte sich das gemeinste Grinsen, das man sich nur denken konnte.

»Sie sind aber nicht meine Sekretärin!« stellte Daniel Clamp in aller Sachlichkeit fest.

Als Antwort griff sich der Gremlin den Topf mit heißem Wasser von der Kaffeemaschine und schleuderte das Wasser mit Schwung auf Mr. Clamp.

Daniel Clamp duckte sich rechtzeitig weg. Er spielte regelmäßig Squash. Da hat man Reflexe.

Die kleine Bestie warf gleich auch noch den ganzen Topf hinterher. Auch dem wich Clamp aus, er zerschellte an der Wand.

Und dann sprang das greuliche, punkerhafte Vieh – oder was es sonst war – kreischend und mit ausgefahrenen Krallen auch noch selbst auf ihn, mit wilden Augen. Es fing sofort an zu kratzen und zu reißen und zu rupfen.

Doch Clamp war kein Schwächling. Wozu hatte er schließlich einen Trainer in seinem eigenen Fitneßstudio. Er schlug also tapfer auf das kleine Monster ein, hatte Erfolg und trieb es vor sich her wie ein Boxer seinen Gegner durch den Ring.

Der Gremlin wich wirklich zurück und geriet mit seinem Fuß unglücklich in den Einzugsspalt des hoch-leistungsfähigen *Ollie North*-Reißwolfs.

Daniel Clamp tat es wirklich nicht gern, aber was blieb schon anderes übrig? Man mußte ja mit diesem Was-immer-es-war fertig werden. Und so griff er nach dem Schaltknopf.

Und schaltete.

Und drückte den Irokesen-Gremlin den Reißwolf hinunter.

Fünfzehntes Kapitel

Billy Peltzer stürmte ins Büro, um gerade noch mitzukriegen, wie der Irokesen-Gremlin dem Reißwolf zum Opfer fiel.

Selbst für einen Gremlin ein ganz schön böses Ende!

Daniel Clamp höchstpersönlich drückte ihn in den Reißwolf. Der Irokese wehrte sich zwar nach Kräften und schrie wie am Spieß und spuckte und wand sich, aber das half ihm alles nichts mehr. Gnadenlos zog es ihn zwischen die Schneideblätter, die hungrig kreischten und Hackfleisch aus ihm machten, so daß das Gremlinfleisch in alle Richtungen spritzte.

Billy stöhnte, als sei er selbst drin.

Trotzdem: nur gut, daß der weg war. Denn Billy wußte schon längst, daß nur ein amputierter – oder auch geschmolzener – Gremlin ein guter Gremlin war, nämlich einer, der nicht mehr imstande war, den üblichen Unfug anzustellen und die Bösartigkeit loszulassen, über die die Biester verfügten.

Der Irokese kämpfte noch bis zum letzten und hörte erst auf, als auch sein Irokesenkopf im Spalt und zwischen den mächtig knirschenden und knarzenden Messern des Reißwolfs verschwunden war.

Was unten als Stücke und Streifen herauskam, bewegte sich und sprang und hüpfte und vibrierte noch eine ganze Weile, ehe es tot und still war.

»Sir?« schrie Billy und lief auf Daniel Clamp zu. »Sind Sie in Ordnung?«

Daniel Clamp bemühte sich sichtlich, seine Haltung und Balance wiederzugewinnen. Nicht ganz so einfach, wenn man ziemlich unerwartet über und über voller Gremlinbrei ist. »Ja, ich glaube schon«, sagte er schließlich. »Ich hasse es, dieses Maschinenzeug selbst bedienen zu müssen.«

»Sir, ich muß dringend mit Ihnen sprechen. Es sind –«

Genau diesen Moment hatte sich Frank Forster für seinen Auftritt auf der Szene ausgesucht. Er gab sich große Mühe, ganz ruhig zu wirken. Aber sein kreidebleiches Gesicht und seine entgleisten Gesichtszüge straften ihn doch beträchtlich Lügen. »Mister Clamp, die Situation im –«

Er blieb mitten im Satz stecken, als er die zuckenden Restestreifen des Irokesen-Gremlins auf dem Boden vor dem Reißwolf im Abfallkorb bemerkte. Noch immer war nicht alles von ihm aus der Maschine heraus.

»Großer Gott, was ist –«

Billy ergriff seine Gelegenheit. Er mußte jetzt endlich alles loswerden, ehe dieser Forster wieder dazwischenfunkte. »Sir, bitte, hören Sie mich an. Es gibt noch mehr von diesen Dingern hier. Möglicherweise sogar eine Menge mehr. Wir müssen das Gebäude räumen. Und es hermetisch abriegeln. Und zwar noch vor dem Abend.«

Clamp sah ihn ebenso beunruhigt wie interessiert an. »So? Und was passiert am Abend?«

»Diese – Dinger – vertragen kein Licht. Das bringt sie um. Aber nachts können sie losziehen. Über ganz New York herfallen. Und wenn das passiert –«

Forster deutete mit anklagendem Finger auf ihn: »Der da sollte überhaupt in Haft sein! Er ist eine Gefahr!«

»Gefahr?« fragte Clamp kopfschüttelnd. »Wieso? Das Ding, das gerade hier war – das war gefährlich. Aber dieser Bursche ist aus der Werbeabteilung!«

»Ah ja?« sagte Forster mit seiner ganz persönlichen Version von analytisch-gedächtnisstarkem Blick auf Billy Peltzer. »Dann fragen Sie ihn doch mal, wieso er eigentlich so viel über diese – grünen Dinger weiß?«

»Gute Frage, Billy«, meinte Clamp und wandte sich diesem zu. »Also, wieso wissen Sie so viel darüber?«

»Nun ja, ähm . . .«, sagte Billy. Warum konnte man nicht

im Erdboden versinken? » Sie wissen doch, dieses Genetiklabor da unten, im –«

Clamps Augen blitzten auf. »Aber klar doch!« rief er. »Natürlich! Die Brüder da unten!« Er wandte sich Forster zu. »Ich habe Sie gewarnt, daß das problematische Mieter sein könnten! Drei Seelenklempner und einen Schönheits-Chirurgen hätten wir da unten reinnehmen können! Aber nein . . .!«

»Sir, ich dachte . . . ich meine, ich dachte doch, daß Sie ein Teil Ihres Planes sind!«

»Was? Genetik? Ich? Sehen Sie, Bill, ich bin ein Mann, der bei seinem Leisten bleibt. Ich mache das, was ich kann. Und von Genetik verstehe ich wirklich kein bißchen! Ich habe überhaupt nichts mit diesen Leuten da unten zu tun. Aber ich sehe jetzt, daß ich sie auf keinen Fall hier ins Haus hätte lassen sollen. Aber wieso wissen Sie von denen so viel?«

»Ich . . . äh . . . habe eine Menge Science-fiction-Literatur gelesen, wissen Sie. Und Fantasy.«

»Aha ja. Sci-Fi-Filme mag ich auch gern. Ich habe die Rechte von Hunderten und Aberhunderten davon, übrigens. Ich hab' sie alle gesehen. Horrorfilme auch. Da mag ich ganz besonders den, wo die Werwölfe . . . wie heißt der noch mal? DER BEISSER, oder so? Der von diesem netten italienischen Jungen mit dem bösen Humor?«

»Sir, bitte, wir müssen zum Thema zurückkommen!« drängte Billy.

»Wie? Ach so, ja. Völlig richtig, Billy.«

»Sir«, fuhr Billy fort, »wir müssen sicherstellen, daß keines von den Biestern naß wird. Wenn das nämlich passiert . . .«

»Ich sag' Ihnen, was wir tun müssen«, unterbrach ihn Clamp. »Wir müssen vor allem einen Deckel drauf tun und drauf lassen. Kein Wort an die Polizei, kein Wort an die Presse. Das regeln wir ganz intern hier.« Er wandte sich wieder an Forster. »Sie gehen gleich wieder runter in das Kontrollzentrum und leiten die Geschichte von dort aus.«

»Ich? Ja, aber ... es könnte ...«

»Zu Ihren Aufgaben gehört es doch, jede Art Ungeziefer aus dem Haus zu schaffen, einschließlich Wanzen, oder nicht? Also, wenn das nicht ziemlich lästige Wanzen sind, dann weiß ich nicht!«

Forster blieb wenig übrig, als zustimmend zu nicken. Doch einen bösen Blick auf Billy schoß er doch noch ab. »Gut, in Ordnung. Aber ohne Experten möchte ich da nichts tun.« Er legte seinen bittersten Sarkasmus in seine letzten Worte. »Kommen Sie – Kollege!«

Miteinander begaben sie sich in den zentralen Kontrollraum.

Inzwischen war im gesamten *Clamp Center* die komplette, wahnsinnigste, klassischste Hölle los.

Was die Gremlins alles anstellten, wurde immer schlimmer. Offensichtlich vermehrten sie sich weiter wie die Karnickel und wurden dabei auch immer größer. Und gefährlicher. Und verrückter.

Während die arme Kate, die süße liebe kleine Kate nach wie vor im Aufzug festsaß.

Was ihr nicht übermäßig gefiel.

Sie schrie wie am Spieß: »Hilfe! Hilfe! Verdammt noch mal, Hilfe!« und drückte wütend auf jeden nur vorhandenen Knopf, bis ihr die Finger weh taten. Doch es rührte sich absolut nichts. Rien, niente.

Außer, daß der Aufzug selbst wild zu schaukeln und zu rütteln begann und sie wie verrückt durchschüttelte und herumwarf.

In ihrer letzten Verzweiflung drückte sie den Alarmknopf.

Aber auch bei dem rührte sich nichts.

Das einzige, was sie hörte, war das Schaben und Kratzen und Klopfen von Klauen und Krallen an den Außenseiten der Aufzugskabine.

Und dann auf einmal begann die schlimme Computerstimme des Aufzugs wieder zu reden, als sei sie von den

Toten auferstanden: »Sie haben eine Etage gewählt, die im Augenblick in diesem Gebäude nicht zugänglich ist.«

Und dazu drang Gremlingelächter von draußen herein, und es war so scheußlich anzuhören, als käme es aus der innersten Hölle selbst. An den Ecken der Kabine drangen bereits die ersten Klauen durch. Das billige Synthetikmaterial der Innenverkleidung hielt ja nicht viel aus.

Was konnte sie nur tun?

Das einzige, was sie tun konnte – sie wußte es genau – war, nicht aufzugeben. Sie hatte es mit diesen kleinen grünen Monstern schon einmal zu tun gehabt und hatte gewonnen. Das Kroppzeug war verwundbar. Sie waren nur so hartnäkkig. Und so zahlreich.

Sie drückte die Hände gegen die Wand und machte sich mit dieser Geste symbolisch Mut, sich die Biester auch konkret vom Leibe zu halten.

Unten im Kontrollraum für die Aufzüge saß kein anderer als Gremlin Daffy.

Sechzehntes Kapitel

Bei *Splice of Life* arbeiteten die Labortechniker an ihren lustigen Projekten weiter, ohne des rings um sie her im ganzen Hause schon wütenden und sich auch immer noch weiter ausbreitenden Chaos, das sich auf sie zufraß wie züngelnde Flammen auf ein TNT-Lager, auch nur gewahr zu werden.

Martin und Lewis, die Zwillinge im Laborkittel, die lediglich physisch getrennt waren, standen wieder einmal über einen ihrer langen Tische gebeugt und schüttelten wie üblich Reagenzgläser, Phiolen und Petrischalen mit Bakterienkulturen. Sie sahen immer ein wenig aus wie Zirkusclowns, die man auf ein seriöses High-School-Labor losgelassen hat.

Ihr Kollege Wally kam mit einer Tomate und einem Baseballhandschuh zu ihnen. »Seht euch das mal an, Jungs«, sagte er, »ihr wißt doch, wie sehr ich an diesen Tomaten gearbeitet habe, daß sie fest bleiben, wenn sie geworfen werden?« Damit schlüpfte er in den Handschuh, warf die Tomate hoch und fing sie wieder auf. Er warf sie an die Wand wie einen Ball, fing sie nach dem Rückprall erneut und hielt sie triumphierend den Zwillingen vor die Augen.

Sie hatte nicht einmal einen Riß.

»Das ist toll, Wally!« sagte Lewis voller Anerkennung. Und Martin ergänzte: »Ganz tadellos!« Aber er ließ die Hauptfrage dennoch nicht aus den Augen. »Wie schmecken sie?«

»Das ist das überhaupt Beste an der ganzen Sache«, erklärte Wally. »Wir haben bereits Anfragen von den Küchenchefs zweier Fluglinien vorliegen!«

Da ertönte hinter ihnen plötzlich ein Geräusch. Etwas platzte. Oder rülpste. So genau war das zunächst nicht zu identifizieren. Was immer es aber war, es veränderte abrupt ihr Leben.

Das Geräusch ließ sie alle herumfahren. Und was sie sahen, war ein Haufen Gremlins, die wie wild auf den Tischen des Labors herumturnten. Überall spitzten und lugten sie hervor. Alle diese interessanten und wunderschön zerbrechlichen Einrichtungsgegenstände hier! Ganze neue Welten waren da zu erobern!

Nicht, daß die Herren Laborwissenschaftler in ihrer bisherigen Laufbahn nicht schon genug seltsame Dinge gesehen hätten. Aber so etwas wie das hier war wirklich neu! Die Wesen sahen aus wie aus ihren eigenen schlimmsten Alpträumen!

»Großer Gott!« stammelte Lewis.

»Hat irgendwer irgendwas vergessen?« äußerte ergänzend Martin als Verdacht und Frage.

»Also ich nicht!« versicherte Lewis sogleich.

Wally rief plötzlich: »Augenblick, he! Mein Gemüsepotpourri!«

Die von Natur aus neugierigen kleinen Monster hatten mittlerweile ihre schuppigen und wenig angenehmen Erscheinungen von den Regalen ab- und ihre Aufmerksamkeit den diversen Experimentierprojekten zugewandt. Und einer war dabei Wallys Gemüsepflanzenkulturen in ihren Gläsern nahe gekommen. Er schnappte sich eines und fraß es auf mit Stumpf und Stiel, und Glas.

»Nicht doch! Mein Experiment!« rief Wally.

Der Gremlin grinste ihn nur hinterhältig an. Gleich darauf allerdings veränderte sich sein Gesichtsausdruck. Er sah jetzt aus wie die Parodie eines Betrunkenen in einem Comic Strip, der gerade sehr, aber schon sehr starken Alkohol getrunken hat.

Da begann der Gremlin . . . sich zu verwandeln!

Sie hatten Ähnliches noch nicht erlebt, seit sie eine Woche lang ein Zeitraffervideo von einer wachsenden Tomate angefertigt hatten! Vor ihren verblüfften Augen verwandelte sich der Gremlin in blättrige Klumpen römischen Kopfsalats – buschig und grün! Und die Kreatur schien an dem ganzen Prozeß sogar ziemliches Gefallen zu finden! Ihre Augen bekamen eine irre Farbe von Karottenorange und Kohlgrün.

»Nein!« rief Wally, als das Wesen, das noch mehr Spaß haben wollte, nach der zweiten seiner Experimentier-Phiolen griff.

Eine seiner Klauen schoß gefährlich vor. Wally sprang erschreckt zurück. Sein Hemd war aufgeschlitzt, und er hatte Kratzer auf Brust und Arm.

»Schon gut, schon gut, dann nimm es eben!«

Und der Gremlin grinste wieder und kicherte und schnappte sich ein großes Glas mit der Aufschrift BLUMENKOHL und verleibte es sich mit Genuß ein.

Dann rülpste er zufrieden und stieß dabei eine Mundgeruchswolke aus, die einem Gemüsesaft entsprach, der entschieden zu lange in der Sonne gestanden hat. Er begann sich hin und her zu wiegen, und dann ploppten mit einem Schlag Blumenkohlröschen überall aus ihm. Aus Brust und Lippen und Nase. Er war wie ein Garten, der außer Kontrolle geraten ist.

Nebenan hatte sich inzwischen ein anderes der kleinen Ungeheuer ein Reagenzglas mit der Aufschrift SEXHORMONE geschnappt, schob es sich in einem Stück rasch ins Maul, und sein Gesicht spiegelte nahezu augenblicklich gewaltige Verbraucherbefriedigung wider.

»O Gott!«

Dann hielten die bösen Kreaturen ruckartig in ihrem gierigen Konsum inne und wandten ihr Interesse der Tür und dem Neuankömmling zu. Dr. Catheter betrat die Szene. Er nahm erstaunt seine Brille ab, seine Haare wurden augenblicklich einen Hauch weißer, und sein Kinn fiel ihm vor Verblüffung auf die Brust.

Die Reaktion war Gekicher und amüsiertes Gegurgle, und das Schmatzen und Glubschen und Gluckern und Rülpsen ging weiter.

Der Doktor stand wie angewurzelt in der Tür. Ein besonders groß geratenes Exemplar der Gremlins griff sich einen Tropf von einem in einer Nährlösung schwimmenden Gehirn und soff das Zeug vollständig und in einem Zug aus.

Und wieder schrie einer auf, es war Martin: »O nein ...!«

Und sein Doppelgänger, also Lewis, vollendete den Satz: »Aber doch nicht das Gehirnhormon!«

Der unmittelbar folgende Krampf erfaßte den Gremlin mit ungefähr 7,1 Grad Stärke der Richterskala. Er fing an zu vibrieren und zu beben, es trieb ihm die Augen hervor, daß sie ihm fast aus dem Kopf fielen, und seine Zunge flog wild hin und her. Dann fiel er stocksteif hintenüber, kugelte von der Tischplatte und purzelte in einen Abfalleimer. Seine Beine waren völlig verdreht.

Dann kippte der Abfalleimer um, und der Gremlin arbeitete sich wieder daraus hervor.

Jetzt saß auf seiner nun ganz edlen Nase eine Hornbrille. Seine Lippen bewegten sich mühsam und versuchten etwas zu äußern.

»Ich – möchte –«

Und dann sprang er wieder auf seine Füße und wirkte schlagartig wach und aufmerksam – er strahlte nur so vor Intelligenz.

Er begann mit sehr kultivierter Stimme eine sehr kultivierte Ansprache mit sehr intellektuellem Sprachakzent zu halten.

»Ich würde gerne einiges zu dem, was sich in diesen Räumlichkeiten ereignet, anmerken, weil ich nämlich der Meinung bin, daß sich gerade einige überaus faszinierende und für die Zukunft wohl auch sehr bedeutsame Vorgänge vollziehen.« Seine Arme bewegten sich dazu auf hochdidaktische Weise in der Art von jemandem, der vor einem großen Auditorium referiert. »Wenn genetisches Material von hoher, ausgesuchter und forschungsgeeigneter Qualität in Lebensformen implantiert wird wie etwa die unsere, welche beherrscht ist von gewissen – nun, ich zögere, das Wort *Atavismen* zu gebrauchen, aber sagen wir vielleicht einmal so: von hochaggressiver Beschaffenheit ist ...«

Die anderen Gremlins schienen einen Augenblick lang an dieser abrupten Veränderung ihres Kollegen interessiert zu sein. Freilich nur einen Augenblick. Dann wandten sie sich gleich wieder gelangweilt ab und fuhren mit ihrer Lieblingsbeschäftigung fort – der totalen Zerstörung der ganzen Einrichtung samt Einverleibung all dessen, was eß- und trinkbar war – jedenfalls nach Gremlin-Maßstäben! Die Männer versuchten inzwischen ebenso hektisch wie völlig vergeblich, irgend etwas gegen diese entsetzliche Orgie der Verwüstung zu unternehmen.

»... dort drüben zum Beispiel, dieses Tier, das ich für eine gemeine Fledermaus der Art Chiroptera halte – die einzigen Säugetiere übrigens, wenn ich mir den Hinweis gestatten darf, die wirklich fliegen können ...«

Einer der herumtobenden Gremlins näherte sich dem Käfig der besagten Fledermaus, die Wallys ganz spezielles Lieblingsprojekt war – die gegen Licht desensibilisierte Fledermaus. An ihrem Käfig befand sich über einer ganzen Serie von Reagenzgläsern eine Phiole.

Der Gremlin, überdurstig, wie Gremlins nun einmal waren, griff danach und trank sie mit einigen gierigen Schlucken aus.

Und wieder ging dieses Spiel von Dr. Jekyll und Mr. Hyde los.

Der Gremlin streckte die Hand aus und bemerkte erstaunt, aber gleichzeitig auch entzückt, daß sich zwischen seinen Armen und seinem Leib ein Spinnwebennetz von Materie zu bilden begann. Unter beiden Armen. Das schon ganz deutlich war und sich weiter verdichtete!

Der in einen Intelligenzler verwandelte Gremlin reckte höchst amüsiert den Kopf und begab sich interessiert zu seinem neuverwandelten Artgenossen.

»Sehr hübsch, diese Flughäute! Wenn Sie mir eine kurze Bemerkung gestatten würden.«

Der Fledermaus-Gremlin grinste zustimmend und sah Mr. Brille erwartungsvoll an.

»Mein Freund, Sie haben – Potential. Ich möchte Ihnen dabei helfen, alles zu werden, was Sie sich wünschen! Darf ich?«

Und während er weiterplapperte, nahm Mr. Brille die intravenösen Tröpfe von der Fledermaus ab und hieb die Nadel freudig in die Haut des Fledermausgremlins.

Die Flasche mit dem Sonnenlogo, in der die Nährlösung war, leerte sich im Handumdrehen und pumpte den Gremlin voll mit einer Mischung aus Hormonen und Sonnenschutzpigmenten.

Die Augen des Fledermaus-Gremlins wurden groß und immer größer.

»Wie Ihnen gewißlich nicht unbekannt ist, stellt Sonnenschein ein Problem dar für unsere... ethnische Gruppe. Es bräunt uns nicht, verbrennt uns aber auch nicht... jedoch, nun, ganz ohne Umschweife: Es hinterläßt uns einfach als formlose Klumpen unansehnlicher photochemischer Schlacke. Daher wird diese Formel hier, die speziell für die Geschöpfe der Nacht entwickelt wurde, den Effekt haben, daß helles Licht keinerlei Problem mehr für uns darstellt! Und dies wird sich als von entscheidender Bedeutung erweisen, wenn Sie...«

Mr. Brille zog dem Fledermaus-Gremlin entschlossen und mit einem Ruck die Nadel aus dem Ellbogen. Der Artgenosse schien über die Aussichten auf künftige unbeschränkte Bewegungsfreiheit auch im Sonnenlicht sehr entzückt zu sein und neigte den Kopf ein wenig zur Seite, als wollte er seinen Anführer fragen: »Ja? Wenn ich was, Boß?«

»Sie haben Schwingen, mein Freund!« erklärte ihm Mr. Brille wie eine Verkündigung. »Breiten Sie sie aus!«

Und der andere begann seine Flughäute zu entfalten und mit ihnen zu schlagen – mit solcher Kraft und mit solchen Muskeln, daß er sich sekundenschnell in die Luft erhob. Er flog und flatterte im ganzen Raum herum und war sichtlich aufgeregt und aus dem Häuschen über seine Gabe, fliegen zu können.

Die Männer versuchten ihn einzufangen. Aber auch dies blieb ein erfolgloser Versuch, wie alles andere.

»Komm runter! Runter mit dir!« schrien Lewis und Martin unisono.

Mr. Brillen-Gremlin jedoch riet ihm ermutigend: »Zum Fenster, mein Freund, zum Fenster! Eine Welt der Möglichkeiten öffnet sich Ihnen. Werfen Sie alle alten Fesseln von sich . . .!«

Und der Fledermaus-Gremlin warf sich gehorsam gegen eines der polarisierten Fenster, mit entschlossenem und wagemutigem Blick.

»Jawohl, da liegt er vor Ihnen, der *Big Apple*!« rief Mr. Brille triumphierend wie ein britischer Fußballtrainer, der seine Elf zu höchsten Anstrengungen zu peitschen versucht. »Diese Stadt – *the City so nice they name it thrice* – . . . Nehmen Sie sie zumindest einmal in Augenschein! Ja!«

Und inzwischen war der Fledermaus-Gremlin durch die berstende Scheibe gestoßen und befand sich im Freien, hoch über den Straßenschluchten New Yorks.

Er flatterte wild herum wie der nach langer Gefangenschaft aus dem Käfig entlassene Vogel, der sich seiner wiedergewonnenen Freiheit freut. Rachelüstern freut.

Was für eine Menge es hier zu zerstören gab! Wieviel Vergnügen hier wartete!

Und das helle Tages- und Sonnenlicht störte ihn nicht mehr. Er genoß es sogar!

Seine niedrige Herkunft hinter sich lassend, schwang sich der Neubefreite segelnd über die Straßen und Gebäude New Yorks hin.

Unter sich erblickte er eine Taube. Sie saß auf einer der Löwenstatuen vor der *New York Public Library*.

Und ehe das arme nichtsahnende Tier es auch nur vermuten konnte, war ein grüner Schemen über ihm und machte ihm den Garaus.

Siebzehntes Kapitel

Fred Finlay hatte die Aufzeichnung seines nächsten Programms fortgesetzt.

Aber er war gar nicht guter Laune.

Erstens hatte sein vergammelter Radiowecker heute morgen nicht funktioniert, jedenfalls nicht zur richtigen Zeit, und als er dann doch gegangen war, hatte er irgendwie von selbst auf ein Shock-Rock-Programm umgeschaltet.

Und wenn Fred Finlay etwas haßte, dann Rock and Roll!

Als zweites war das Wasser eiskalt geworden, als er unter der Dusche stand. Dann hatte er sich beim Rasieren ordentlich geschnitten. Dann war die Milch aus dem Kühlschrank sauer gewesen, so daß er nach seinem dringend nötigen Morgenkaffee derartiges Sodbrennen bekommen hatte, daß ihm nicht einmal mehr eine Flasche Maalox etwas anhaben konnte.

Und jetzt rutschte ihm auch noch ständig dieses idiotische Kostüm hoch. Und seine Schminke juckte.

Was also konnte heute schon noch passieren?

»Heute abend zeigen wir Ihnen einen ganz alten Horror-Klassiker aus Grandpa Freds Spezialkiste...« Er griff nach zwei Filmblechdosen und blies den Staub von ihnen, den der Requisiteur für die Spezialeffekte zuvor aufgestreut hatte.

Plötzlich wurde Grandpa Fred völlig unerwartet von einem langen Stöhnen unterbrochen. Es war aber nicht dieses alberne Stöhnen vom Band, das alles war, nur kein schreckliches Stöhnen. Das hier war ein original gruseliges, fingernagelanwandtafelkratzendes, sakristeitürknarrendes, wahnsinnig echtes Zumfürchtengruseln!

OHHHHHHHHHHHHHHHHHHHHHHHHHH-

HHHHHHHHHH...
MMMMMOOOOOOOOOOMMMMMMMMMM-
MMMMMMMMOOOOOOOOONNNNNNNNN-
NNNNOOOOOOOOOOOOOOO!

Fred Finlay, ganz verblüfft über die Tatsache, daß heute doch noch etwas richtig zu klappen schien, drehte sich um.

Nun hatte Fred Finlay im Laufe seiner Karriere schon allerhand Greuliches gesehen. Schon vor seiner Zeit mit dem Haus der Wahnsinnigen – in jeder Hinsicht seines Lebens identisch mit diesem New York hier! – war er schließlich bei der Marine gewesen und hatte da ganz schön etwas an Sonderbarem erlebt, in all den obskuren Häfen im Fernen Osten, beispielsweise. Und in Indien und Afrika, von Honolulu bis Timbuktu.

Nein, nein, Fred Finlay war ein altes kampferprobtes Schlachtroß. Ein erfahrener Zirkusgaul, der alle Manegen kannte. Ihn konnte so leicht nichts mehr aus der Ruhe bringen, erschüttern oder gar verstören. Ihn doch nicht.

Hatte er jedenfalls geglaubt.

Bis jetzt. Bis zu diesem Augenblick, da sich hinter dem Grabstein seiner Szenendekoration und aus dem über dem Boden wabernden Trockeneisnebel etwas erhob. Etwas, das Fred wahrhaftig das Gruseln lehrte.

An sich, Gott helfe ihm, sahen sie alle gar nicht so sehr viel anders aus als die meisten weiblichen Mitglieder seiner Verwandtschaft. Allenfalls ein wenig kleiner.

Er schluckte. Dann drehte er sich zur Regiekabine um und deutete mit dem Daumen über die Schulter. Der Regisseur würde ihm vermutlich sagen können, was es mit diesen... Dingern auf sich hatte.

Der Regisseur sagte auch bereits etwas. Er sagte: »Fred, was hat es mit diesen... Dingern da auf sich?«

»Ich... ich weiß nicht...«

Da hatte schon einer der Gremlins – ob Sie's nun glauben oder nicht, sie waren es – Fred eine seiner Filmrollen aus der Hand gerissen. Er hielt sie hoch ins Licht und spielte dann schreckliches Entsetzen, griff sich dramatisch ans Herz und fiel wie tot um.

Und die anderen dieser ... Dinger lachten vergnügt und konnten sich gar nicht mehr halten, so lustig fanden sie das. Sie schlugen sich auf die Schenkel und stießen sich gegenseitig in den Rücken.

»Ähm ... ja, so ist es richtig!« stammelte Fred. »So ist es richtig gruselig!«

Im nächsten Augenblick hockten die anderen beiden Gremlins neben ihm. Sie sprangen ihm auf die Schultern und legten links und rechts ihre Köpfe an den seinen und machten alle Arten furchterregender Geräusche und mimten Grusel für die Kameras.

Offensichtlich fühlten sie sich hier in ihrem Element.

»Mann, das ist wirklich schön gruselig«, sagte der Regisseur anerkennend. »Okay, mazt mir das!«

Fred seinerseits wußte freilich nicht so recht, was tun.

Nie hatte ihm jemand gesagt, weder einst in der Schauspielschule noch später beim Fernsehen, daß ihm jemals etwas dergleichen widerfahren könnte.

Und wenn schon. So war das eben im Show Biz. Und bis jetzt sah es ja auch so aus, als würde dies das absolut beste aller Grandpa-Fred-Programme!

»Ähm –«, sagte er und blinzelte in das rote Blinklicht der aufnehmenden Fernsehkamera. »Grandpa Fred und seine Freunde haben heute abend etwas wirklich Gruseliges für Sie!«

Und die Gremlins wiegten in vergnüglicher Zustimmung ihre Köpfe.

Im ersten Stock des Ladenzentrums der Mall gab es die *Stuffed Olive*, die Yuppie-Bar, die derzeit so große Mode war. Hier saßen sie pausenlos, die goldenen City-Yuppies, bei Bier oder – in den meisten Fällen – dem üblichen Perrier mit Zitrone, wenn nicht überhaupt einfachem Mineralwasser – mit oder ohne Schuß.

Die meisten von ihnen gehörten allerdings nicht zum *Clamp Center.* Clamp-Angestellte fürchteten immer, von Forster in der Bar aufgestöbert und angeschnauzt zu werden. Nein, die Stammgäste der *Stuffed Olive*-Bar gehörten zu den im *Clamp Center* eingemieteten anderen Firmen, oder sie waren einfach nur Touristen.

Clamp-Angestellte, die einen heben wollten oder mußten, begaben sich dazu lieber an einen anderen Ort.

Im Augenblick hätten die wenigen Gäste an der Bar gut daran getan, den Fernseher über den Flaschenregalen anzusehen, wo gerade die Frühnachrichten kamen. Der Sprecher, im dunklen korrekten Anzug, hatte seinen leeren Berufsblick und sagte: »Es gibt Berichte von gewissen größeren technischen Problemen im *Clamp Center Building.* Auf Befragen durch *Hotline News* erklärte ein Sprecher des Baulöwen Daniel Clamp allerdings, es gebe keinerlei Anlaß zu ernsten Besorgnissen. Es handle sich einfach nur um einige Dinge, die in einem neuen Gebäude in den ersten Monaten üblicherweise immer wieder vorkämen, bis der ganze Betrieb erst einmal richtig eingespielt sei und laufe. Und damit zum Sport...«

Gleich rechts neben der Bar stand eine Salatbar. Dort gab es eine kleine Schlange der frühen *lo-cal*-Esser (Low-Calories: die Grünfutter-Freaks). In ihr stand eine matronenhafte Frau und sagte gerade: »Also mein Makler sagt, nichts geht im Augenblick in der Wirtschaft besser als Zigaretten und Männermagazine.«

Und eine andere meinte: »Tatsächlich?«, weil sie sich verpflichtet fühlte, etwas zu sagen, im Grunde aber völlig desinteressiert war.

»Natürlich sitzt er jetzt schon eine Weile im Gefängnis.« Sie griff unter die bakterienabwehrende Abdeckung der Salatbar und angelte sich mit einer Plastikzange einige Salatklumpen heraus. Wie sie jedenfalls meinte.

Tatsächlich aber hatte sie sich den salatmutierten Gremlin herausgeangelt. Dieser hatte sich mittlerweile weiter verändert. Seine Augen bestanden aus Radieschen, seine Haare aus Maiskolben, die Ohren natürlich aus Blumenkohl, die Lippen aus Prinzeßbohnen, und seine züngelnde Zunge war Wachspapier.

Bei seinem Anblick stoben die Leute in Horror und Schrecken auseinander. Die Frau selbst, die ihn geangelt hatte, versuchte ihn von sich zu schleudern, doch das war schwieriger als erwartet, denn der Gremlin fletschte seine spitzen Artischocken-Zähne, griff mit seinen Karottenfingern nach ihr und zog sie unter der Bakterienblende durch in die Gemüsehölle.

Auch ein anderes Programm wurde in den Clamp-Kabelstudios gerade aufgezeichnet.

Im vergangenen Jahr hatte Clamp den angesehenen Filmkritiker Lester Leeds angeheuert, der in seiner eigenen Sendung die jeweils neuesten Filme vorstellen konnte. Sie hieß *Die Kinopolizei* und war Teil des zunehmenden Trends in Amerika, die Familie als Keimzelle jeder Nation zu respektieren.

Lester Leeds nahm ein Videoprogramm auf. Er stellte alte Videos vor, die große Beachtung gefunden hatten. Zuvor war er mit der Aufzeichnung seines nächsten Programms seiner Serie *Alle Filme, die je gedreht wurden* fertig geworden. Für *Clamp Publishing* arbeitet er außerdem derzeit an *Lester Leeds Sex-Handbuch* (Arbeitstitel: *Wie man es auf dem Balkon macht*), und da war es stets eine willkommene Abwechslung, von diesem trockenen Thema wegzukommen und in das helle Scheinwerferlicht eines Fernsehstudios zu treten. Obwohl es auch dort so allerlei Probleme gab! Beispielsweise mußte der arme Lester neuerdings immer öfter die Techniker bitten, die Filmausschnitte mit leicht erhöhter Geschwindigkeit abzuspielen, damit er überhaupt noch nachkam mit allen Filmen, die präsentiert werden sollten.

Doch heute war er ganz besonders guter Laune. Es gab eine Reihe wirklich mieser Filme vorzustellen. Da konnte man als Kritiker immer so schön richtig aus sich herausgehen. Was gab es denn auch schon Herrlicheres für einen Kritiker als einen bösen Totalverriß? Zumal man das auch noch mimisch hervorragend untermalen konnte. Richtig ausspielen konnte man das, bis hin zum dramatischen Fallenlassen der Filmrolle in den Papierkorb am Schluß.

Im Augenblick hielt er eine Videocassette hoch – mit einer Miene und Haltung, als hätte er soeben einen besonders stinkenden Fisch aus dem Müll geangelt.

»Und nun zu unserer Verbraucheraktion *Wacht über die Videos!*« Was er in der Hand hielt, war nichts anderes als dieses brillante Stück von der Wasserscheide der Filmgeschichte – das Werk, das allenfalls noch *Citizen Kane* den Vortritt an Bedeutung lassen mußte: *Die Gremlins kommen.*

Bedauerlicherweise war dieser unfähige Kritiker dagegen. Er mochte es nicht.

»Hier ist eines, das gerade noch einmal neu auf Video herausgekommen ist, und falls Sie die Absicht haben sollten, es sich auszuleihen, kann ich Ihnen versichern, daß es eine Menge sinnvollerer Möglichkeiten gibt, drei Dollar aus dem Fenster zu werfen ...«

Der arme Lester Leeds. Er wußte noch nicht, daß sich ihm im gleichen Moment drei wirklich echte Gremlins näherten. Sie kicherten lautlos in sich hinein vor Vorfreude und schnitten Grimassen in die Kamera.

»... beispielsweise können Sie sie auch gleich verbrennen. Aber was das angeht, so wäre es sicher auch eine gute Idee, gleich diesen ganzen Film zu verbrennen. Er ist wirklich schlimm und bösartig. Ich glaube nicht, daß irgend etwas in den Annalen der Filmgeschichte die Szene an Widerlichkeit schlagen kann, in welcher die arme Mrs. Deagle aus ihrem automatischen Stuhl und durch ihr eigenes Fenster geschleudert wird; es sei denn ein Stück aus jenem Monolog des Mannes, der zur Weihnachtszeit in den Kamin eingeklemmt war. Wie abscheulich! Wissen denn diese Leute nicht, daß Weihnachten ein heiliger Feiertag ist, ein Familienfest? Diese

Leute haben doch wirklich eine Schraube in ihrem Kopf locker, anders kann man das –«

Das reichte den Gremlins, und sie sprangen den abscheulichen Kritiker an und zerrten ihn von seinem Sofa. Mitten im Sturz wandte Leeds sich um und sah, wie sie ihn anfielen. Er hatte den blitzartigen Einfall, daß er vielleicht doch seinen Mund dieses eine Mal besser gehalten hätte. »So wartet doch! Das war doch scherzhaft gemeint! Hört doch mal –« Er reckte beide Daumen hoch. »Da seht! Alle beiden Daumen hoch – beide Daumen – auuuuuuuuuuuuuuaaaah!«

Und in Hollywood sahen es die Filmproduzenten mit offener Genugtuung.

Achtzehntes Kapitel

In der Ladenstraße des *Clamp Center* befand sich auch ein kleines Maklerbüro namens Bux, Junkke & Jaille. Die paar Büroräume waren so winzig, daß die Angestellten zögerten, es Büro zu nennen. Tatsächlich war die gewählte Bezeichnung »Geschäftsadresse« selbst für die Inhaber ein gewollter Euphemismus.

Einer der Makler namens Harry Mishkin – wohnhaft Teaneck, New Jersey – war gerade dabei, einem Hinterwäldler aus Long Island telefonisch ein paar höchst zweifelhafte Aktien anzudrehen.

Da sah er sich unvermittelt einem dämonisch aussehenden Wesen gegenüber, das ihn eher daran erinnerte, wie er sich seinerzeit nach dem *Crash* des schwarzen Montags 1987 gefühlt hatte.

Er machte den Mund auf, um Hallo zu sagen, doch alles, was herauskam, war ein heiseres Krächzen.

»Ist was?« fragte der Kunde am Telefon erschrocken. »Nein! Sagen Sie mir nicht, wir haben schon wieder einen Crash! Sagen sie mir nicht, daß das schon wieder losgeht! O Gott! Und ich habe mein ganzes Geld in Spekulationsaktien stecken!«

»Nein ... nein ... kein *Crash* ... O mein Gott, großer Gott! Nein, nein, kein Problem, denken Sie erst mal über dieses Papier nach ... O mein Gott! Bis dann!«

Er legte in Panik auf.

Harry Mishkin hatte ja schon einige bösartige Kreaturen gesehen, wenn bei seinen sogenannten Power-Lunchs der Punkt erreicht war, daß er die Martinis nicht mehr zählen konnte. Doch das hier schlug alles.

Das Ding streckte eine anklagende Krallenklaue gegen seine feuerwehrrote Krawatte aus.

Er riß sie sich hastig vom Hals. Wenn das Ding sie haben wollte, bitte sehr! Allerdings, es stellte sich rasch heraus, daß das Ding weniger an seiner Krawatte interessiert war als einfach nur daran, ganz allgemein Durcheinander zu stiften. Es schlug nach ihm, und er wich im letzten Moment aus.

Plötzlich drängten andere Gremlins herein, jagten die Makler in die Flucht, schnappten sich ihre Telefone und kreischten in sie hinein: »Kaufen! Verkaufen! Kaufen! Verkaufen!«

Mishkin gab Fersengeld, stolperte und fiel in das Büro des Bürovorstehers. Der freilich hatte seinerseits schon längst Reißaus genommen. Statt seiner saß eines der Monster aus der Wall-Street-Hölle auf dem Stuhl. Eines mit Brille und einem Telefon am Ohr.

»O ja«, sagte der Brillen-Gremlin ins Telefon. »Das ist tatsächlich ein Tag voller Panik rundum. Haben Sie dort einen Banken-Run? Nun ja, hier ist es schon ziemlich brutal... wir raten unseren Klienten, alles, was sie haben, in Konserven und Gewehre zu investieren... ja...«

Mishkin gelang es, sich hochzurappeln. Er machte, daß er wegkam, und wünschte sich nur, die Büros lägen hoch genug, um einen Sprung aus dem Fenster lohnend zu machen.

Was sich da abspielte – mein Gott, der gesamte Wertpapier- und Aktienmarkt drehte ja völlig durch!

Nur gut, daß er sein persönliches Geld nicht in diese Sachen steckte!

Kate Berringer gelang es, zerkratzt, zerzaust und voller Gremlinblut ein Treppenhaus zu erreichen.

Sie öffnete die Tür.

Aber auch dort herrschte der blanke Aufruhr.

Es war alles voll mit Angestellten und Kunden, die in Panik vor Gremlins flüchteten. Sie waren also schon überall!

Und in der Tat: Gremlins, wohin man blickte. Am Yoghurtstand spritzten sie Schlagsahne hinter flüchtenden Leuten her. Ein Barkeeper rutschte aus, fiel hin und versuchte sich der Dinger zu erwehren. Der Gemüse-Gremlin tobte in der Salatbar herum wie ein Verrückter und schlug die Einrichtung kurz und klein.

Eine Frau schrie entsetzt auf und duckte sich weg, als ein Gremlin mit einem von der Decke gerissenen funkensprühenden Stromkabel auf sie zukam. Überall versuchten Leute in wildem Schrecken die nächstgelegene Tür zu erreichen, was mit Schwierigkeiten verbunden war, weil das ganze Haus inzwischen so verwüstet war, daß jeder Schritt das reinste Hindernislaufen darstellte.

Kate suchte erst einmal Schutz hinter einem Pfeiler und versuchte, sich zu beruhigen. Dann rannte sie los, quer durch die Eingangshalle, auf einen der Feuermelder an der Wand zu.

Dort sprang ihr unversehens ein Gremlin in den Weg.

Sie war darauf vorbereitet, sich mit Hilfe der noch verbliebenen Erinnerungen aus einem Kung-Fu-Kurs, den sie einst absolviert hatte, auf einen Kampf einzulassen.

Doch an einem Kampf schien dieser Gremlin gar nicht interessiert zu sein.

Er trug einen grauen Regenmantel, und sobald er vor sie hingesprungen war, riß er seinen Mantel auf. Ein Exhibitionisten-Gremlin!!

Kate war angeekelt und räumte ihn mit einem ihrer Kung-Fu-Griffe aus dem Weg. Dann stürzte sie sich auf den roten Feuermelder. Sie zog daran und erwartete, daß die laute Feuermelderbimmel losging. Oder jedenfalls irgendeine Art Alarmklingeln.

Nichts.

Im *Clamp Center* doch nicht! Vielmehr begann sich eine melodramatische Musik emporzuschwingen, und darüber legte sich dann eine Stimme, die genauso klang wie der Kerl auf PBS im Naturschützer-Programm: »Sonst Spender von Wärme, aber auch Zerstörer der Wälder – Achtung, Feuer ist in diesem Gebäude ausgebrochen!«

Oben war ein Angestellter unterwegs, dem das im ganzen Haus herrschende Chaos bisher noch entgangen war. Er blieb völlig perplex stehen: »Was?«

Und die Computerstimme wiederholte es ihm: »Ja, Feuer wütet in diesem Gebäude! Verlassen Sie es! Setzen Sie den uralten Drang der Selbsterhaltung in Wirksamkeit!«

Und von irgendwoher rief jemand: »Feuer!« Und noch einmal: »Feuer!«

Und durch den ganzen gewaltigen Wolkenkratzer pflanzte sich die allgemeine Panik fort.

An einer anderen Stelle New Yorks setzten die Futtermans zur gleichen Zeit das uralte Drama des Tourismus in Wirksamkeit.

Sheila, die eine echte Bewunderin der Gotik war, hatte darauf bestanden, die berühmte Kathedrale der heiligen Eva Marie auf der Fifth Avenue zu besuchen.

Murray Futterman fand das nicht so aufregend. Genau gesagt, hatte er es überhaupt nicht so sehr damit, sich im Freien aufzuhalten. Seit er aus dem Krieg gekommen war, hatte er seine Nervenprobleme gehabt. Und dann nach dieser schrecklichen Geschichte in Kingston Falls mit diesen Gremlins, die seine Hauswand gerammt und auch noch ihn selbst erwischt hatten. Viele Leute hatten ja auch schon geglaubt, er wäre tot und hätte das nicht überlebt, aber er hatte lediglich an einem schweren Schock gelitten. Jetzt blieb er erst recht am liebsten im Haus und beschäftigte sich mit seiner Briefmarkensammlung und seinen Modellflugzeugen. Doch nun war er jahrelang in Behandlung gewesen, und die Liebe und Geduld seiner geliebten Gattin Sheila hatte ihm immerhin so weit geholfen, daß er in diese Reise eingewilligt hatte. Das Wiedersehen mit den alten Kameraden von der Staffel 85 war ihm auch wirklich wichtig. Sehr wichtig. Ohne Sheilas Hilfe freilich wäre es ihm nicht möglich gewesen, sich dieser hektischen Stadt zu stellen.

Und wenn Sheila Futterman also unbedingt die Freiheitsstatue sehen wollte oder die Radio City Music Hall oder die

Kathedrale der heiligen Eva Marie oder seinetwegen auch Grants Grab, dann kam Murray Futterman auch in Gottes Namen mit.

Er mußte es ja nicht mögen – und tatsächlich stand er auch mit sauertöpfischem Gesicht herum und machte abfällige Bemerkungen –, doch jedenfalls hatte Sheila Anspruch darauf – den allergrößten Anspruch.

Sie befanden sich gerade auf der anderen Seite der Straße gegenüber der Kathedrale, damit Sheila ein paar Fotos mit ihrer Nikon knipsen konnte. Was Murray anging, so interessierte ihn mehr die schlampige Bauarbeit, die diese New Yorker Kerle mit ihren Helmen auf dem Kopf an den Gehsteigen verbrachen. Meine Güte, was die hier eingossen! Das sollte anständiger Beton sein? Das war doch mehr Sand als Zement! Und außerdem machten sie andauernd ihre Stielaugen, wenn Frauen mit kurzen Röcken vorbeigingen, statt sich auf ihre Arbeit zu konzentrieren! War es da ein Wunder, daß sie keinen anständigen Beton mischten und anständig zu Boden brachten? Es machte ihn ganz krank, wie nachlässig hier das hart erarbeitete Geld der anständigen Steuerzahler verschleudert und vertan wurde!

Sheila war viel zu beschäftigt mit der Bewunderung des Bauwerks, vor dem sie stand, als daß sie dem Saustall direkt neben ihnen große Aufmerksamkeit gewidmet hätte.

»O Murray!« rief sie. »Sieh nur, was für ein herrliches Bauwerk!«

Murray Futterman sah sich die hoch aufragende Kathedrale mißmutig an. Sie war aus dunklem Granit und stand in starkem Kontrast zu den leicht graubraunen Überresten des restlichen New York; eine alte Kathedrale, richtig komplett mit vorspringenden Strebepfeilern und Wasserspeiern, gar nicht zu reden von den hohen Fenstern mit Hinterglasmalerei. Klar, daß man in diesem Höllenloch von Stadt Zäune mit Maschendraht darum herum bauen mußte, um das Glas zu schützen. Deshalb hatte man eher den Eindruck, ein belagertes Gotteshaus vor sich zu haben.

»Herrlich?« sagte er also. »Sieht doch aus wie ein übriggebliebenes Ding aus dem finsteren Mittelalter!«

»Ja, selbstverständlich doch, Lieber! Eben das ist ja der Sinn der Sache!«

»Was? Dann möchte ich aber doch wissen, was so ein Dings mitten in einer Stadt zu suchen hat, verdammt noch mal! Sie sollen es wieder über den Ozean schaffen, wo es hingehört! Was glaubst du wohl, wie viele von diesen Dingern ich damals in dem großen Krieg gesehen habe? Alle zerbombt und ausgebrannt!«

»Ja, Murray, sehr schön. Aber jetzt wird es allmählich Zeit für unsere Führung. Du machst dir keinen Begriff, wie sehr ich mich auf die Führung durch die Kathedrale gefreut habe, Murray!«

»Ist gut«, knurrte Murray bissig. »Vielleicht geben sie uns auch was aus Ihrer Spendenschatulle für die Armen. Das können wir brauchen, nach dem, was ich in dieser Stadt für Geld lasse! Unglaublich!«

»Murray! Sieh dir nur mal diese wunderschönen Wasserspeier an!«

Murray hatte sich die Wasserspeier längst angesehen, vielen Dank, und gefallen hatten sie ihm kein bißchen.

Und zwar hauptsächlich, weil sie ihn an diese bewußten Dinger erinnert hatten, die ihn seinerzeit fast umgebracht hatten.

Er behielt das aber lieber für sich und brummte nur etwas, ehe er sich noch einmal zu dem sehr viel bemerkenswerteren Anblick der schlampigen Helmarbeiter umwandte, die ihren Job dermaßen nachlässig verrichteten.

»Murray! O mein Gott, Murray! Was ist das?«

Murray drehte sich um. Irgendwie erwartete er, Augenzeuge eines Überfalls und Raubes zu werden. Auf jeden Fall aber war er darauf vorbereitet, sich in dieser Stadt von gar nichts mehr überraschen zu lassen.

Was er dann jedoch sah, überraschte ihn dennoch. Mehr als das: Der Schock traf ihn wie ein Keulenschlag.

Einer von diesen komischen Vögeln – Wasserspeier beliebte Sheila sie zu nennen – bewegte sich!

War die ganze Zeit da oben gehockt, an einer Ecke, wie die anderen Genossen, die stumm und aus Stein waren. Er erwachte auf einmal zum Leben und flatterte mit den Flügeln.

Murray machte den Mund auf, aber alles, was aus ihm herauskam, war ein »He ---!«

»Was ist, Murray?« fragte Sheila.

Gütiger Himmel! Dieses schreckliche, nur allzu bekannte Gesicht! Mit seinen langen Satansohren! Und es fauchte auf die Menschenmenge herab, die auseinanderstob.

Und blickte direkt ihn an!

»Nein!« flüsterte er.

Und das Ding hob von seinem Platz ab und stürzte mit ausgebreiteten Flügelarmen auf ihn herab, und seine Höllenaugen funkelten!

»Es sind sie!« schrie er. »Sie sind es!« Er wandte sich hilfeheischend an die vorbeieilenden New Yorker Passanten. »Helft mir! Hilft mir denn niemand?«

Sein Alptraum aller Alpträume war Wirklichkeit! Und sein ganzes Leben, das er wieder so ordentlich und sicher im Griff gehabt hatte, zerbarst in tausend Scherben!

Und diese New Yorker taten überhaupt nicht dergleichen! Ignorierten ihn einfach! Und hasteten auf ihre typische New Yorker Art gleichgültig und uninteressiert vorbei!

Er drehte sich um sich selbst und sah seinen nächsten Nervenzusammenbruch schon Wirklichkeit werden.

Nur hatte er dazu keine Zeit mehr. Der geflügelte Gremlin war bereits über ihm.

»Sheila!« brüllte er. »Lauf weg, Sheila!«

Da zerrte der geflügelte Gremlin auch schon an seiner Jacke und zerriß sie. Futterman stieß seine Frau weg, in Sicherheit, nahm selbst seine ganze Kraft zusammen und verpaßte dem Gremlin eine harte Rechte mitten auf die Schnauze.

»Schön, du Miststück, du hast es nicht anders gewollt, also kriegst du es auch!«

Doch der Schlag schreckte den Gremlin nicht ab.

Er war sofort wieder über Murray, hing an ihm wie ein billiger Anzug, flatternd und krallend, und zerrte ihn zurück in die Menge. Es war eine Szene wie direkt aus einem Sindbad-Film von Ray Harryhausen.

Und Futterman rang mit dem Ding, packte es am Schlafittchen und drückte es in den rotierenden Betonmischer. Es kreischte, der Mischer kippte und goß den Gremlin samt seiner Ladung Mörtel in den noch flüssigen Beton am Boden.

Das Ding versuchte mit Macht aus dem klebrigen zähen Brei herauszukommen und sah aus wie das Sumpfwesen in seinem Element. Etwas von dem nassen Beton floß von ihm ab, aber trotzdem blieb, als der Fledermaus-Gremlin sich endlich freigeflattert hatte, noch genug nasser Mörtel an seinen Flügeln und seinem Leib kleben.

Er vergaß seine wütende und sinnlose Attacke auf Futterman und beeilte sich, auf seinen alten Sitzplatz am Gesims der Kathedrale zurückzuflattern. Und blieb dort sitzen, wurde aber immer steifer und steifer ...

... und war binnen kurzem ein echter steinerner Wasserspeier!

Futterman stand mit offenem Mund da. Ihn überwältigte das Gefühl, es vollbracht zu haben. Er spürte auf einmal, daß eine gewaltige Last von ihm abgefallen war. Und er fühlte sich wieder voller Kraft und Stärke.

Daß er alles im Griff hatte.

Er wandte sich um. An seiner Seite stand, wie immer, sein treues Weib.

Er faßte sie am Arm und zog sie mit sich in Richtung Osten der Stadt.

»Murray – wo willst du hin?« fragte sie. Sie hatte sich sichtlich noch nicht von dem Schrecken erholt, den ihr die Szene an der Kathedrale bereitet hatte.

»Zum Clamp Center!« sagte er. »Wir müssen es Billy sagen. Die Gremlins sind wieder los! Komm!«

Es war ja nicht weit. Und sie begannen zu laufen.

Neunzehntes Kapitel

Auf den Etagen des *Clamp Center* ging der Wahnsinn nicht nur weiter, sondern er wurde auch immer noch größer.

Er breitete sich auch über die Treppenhäuser immer weiter aus, nach oben wie nach unten.

Der Feueralarm hatte die Leute zusätzlich in Panik versetzt, und die Menschenmenge, die sich durch die Korridore und in den Treppenhäusern drängte, wuchs immer mehr an. Natürlich hatte niemand wirklich Grund zur Angst vor Feuer, nachdem nirgends Rauchwolken oder sonstige Anzeichen eines Brandes zu entdecken waren. Aber die Leute sahen dafür ganze Haufen randalierender Gremlins. Und die Neuigkeiten von ihnen – der »Invasion der Monster« – breiteten sich noch rascher aus als der wildeste Steppenbrand.

Billy Peltzer allerdings konnte sich den Luxus von Panik nicht leisten.

Er wußte, daß er sich zusammenreißen und kühl, sachlich und rational bleiben mußte. Mehr als irgend jemand sonst wußte er, wie man sich in dieser Situation verhalten mußte. Und nachdem es auch sein eigener Fehler war, daß sie hier waren, fühlte er sich dafür verantwortlich, sie wieder unter Kontrolle zu bringen.

Nur hatte er nicht die leiseste Ahnung, wie er das genau anstellen sollte. Trotzdem war er fest entschlossen, es zu schaffen, ganz gleich wie.

Zusammen mit Forster eilte er nach unten, in Richtung Kontrollraum. Dort, hoffte er, mußte sich das Problem irgendwie lösen lassen.

Doch noch auf dem Weg sahen sie sich unversehens einem ganzen Strom Labor-Tieren gegenüber, die über den Flur flohen, als seien sie soeben der Arche Noah entkommen. Mäuse, Affen, Ratten, Kaninchen kollerten und wuselten unter ihren Füßen.

Und hinter ihnen hergestürmt kam ein älterer Mann im Laborkittel mit irrem Blick, zerzausten grauen Haaren und verrutschter Brille. Billy erkannte ihn als Dr. Catheter, den Leiter des Forschungslabors von *Splice of Life.*

»Das ist der blanke Horror! Der blanke Horror!« rief der Mann ein übers andere Mal. »Der Dammbruch!«

Billy hielt ihn an. »Doktor! Was? Was ist passiert?«

»Richtig, Freundchen«, mischte sich Forster ein. »Was, zum Teufel, geht hier vor? Habt ihr Verrückten etwa diesen ganzen Wahnsinn verursacht?«

Aber Catheter nahm Forster gar nicht zur Kenntnis.

»Ich schwöre bei Gott . . .«, stammelte er. »Niemals wieder werde ich . . . irgendeinem Lebewesen etwas antun . . . Sie sind alle Teil der großen Kette des Lebens . . . Es gibt Dinge, die der Mensch nicht tun darf . . .«

»Wovon redet der eigentlich, verdammt?« wollte Forster wissen.

»Versuchen Sie sich zu beruhigen«, sagte Billy zu Dr. Catheter, »und dann sagen Sie: Wo waren die . . .«

Hier, der Romancier Mr. David Bischoff, Esq., ist erfolgreich überwältigt worden und liegt jetzt gefesselt in seinem Bad in seiner Wohnung in Los Angeles.

Unternehmen Sie keinen Versuch, Ihr Buch zu korrigieren.

Wir haben die volle Kontrolle über die gesamte Programmierung.

Entschuldigen Sie bitte unsere Rücksichtslosigkeit. Sie kannten mich einst als »den gehirnflüssigkeitstrinkenden Gremlin« – oder, wie Mr. Bischoff mich albernerweise nannte, Mr. Brille. Ob Sie es glauben oder nicht, aber im Filmdrehbuch jedenfalls werde ich DER GEHIRN-GREMLIN genannt!

Ich möchte diese Gelegenheit benützen, um Ihnen unsere Philosophie zu erläutern, damit nicht länger diese Mißverständnisse bestehen bleiben und man uns mit der Bezeichnung »Monster« belegt.

Und, liebe gläubige Romanleser, ich habe nicht die Absicht, Ihnen etwas vorzumachen. In der Filmdarstellung bemächtigen sich die Gremlins des Kinos selbst – ah, was für ein ergötzlicher Schwindel, ganz hervorragend, Joe! Waren Sie das? –, und Hulk Hogan erscheint als der große Retter.

Ich jedoch glaube, daß Kennth Tobey aus DAS DING da irgendwo mit drin steckt!

Lassen Sie uns zu etwas intellektuelleren Aspekten übergehen.

In dem großen Paradigma – Beispiel, Musterfall – des Anti-Intellektualismus, den die große Masse des amerikanischen Untermenschen verkörpert, bedarf es des seismischen Bebens eines Gedankens, der veritablen Lawine der Anarchie, um euch somnambule Lebewesen aus eurer Sofa- und Kartoffelchips-Erstarrung aufzuschrecken!

Darf ich Ihnen deshalb die Dienste von uns Gremlins anbieten?

Danach können Sie dann von uns als den neuen kapitalistisch-demokratischen netten Leuten sprechen!

Schon schwärmen viele von uns aus, direkt aus dem Herzen Amerikas, um Ihnen bei dieser Aufgabe helfend zur Seite zu stehen! Und wenn Sie auch erstmals rein physisch Kenntnis davon erlangen – mit Ausnahme allenfalls der glücklichen Bewohner von Kingston Falls, die vor einigen Jahren schon einmal einen Vorgeschmack davon zu bekommen den Vorzug hatten! –, so waren unsere intellektuellen Streitkräfte doch schon seit geraumer Zeit am Werke, allerdings erst in menschlicher Gestalt.

Meinen Kontakten mit unseren Krypto-Diplomaten von der Kirche des Sub-Genius zufolge, ist es beispielsweise nicht allgemein bekannt, daß das gesamte Fernsehen von Proto-Kapitalismus-Demokraten gestaltet wird!

Die Vergangenheit ist indessen lediglich Prolog, Einführung, Vorwort – mit eingestreuten langen Fußnoten!

Jetzt aber ist unsere Zeit gekommen!

Und somit, meine lieben Leser – ihr wenigen, ihr auserwählten Alphabeten, die ihr intelligent genug gewesen seid, dieses Buch hier zu kaufen –, bereitet euch vor auf das neue Zeitalter des neuen kapitalistischen demokra . . .

Ach du liebes bißchen. Mr. Bischoff scheint sich erfolgreich einen Weg aus dem Bad gebahnt zu haben!

Unsereins glaubt, ich muß schnell mal hin und diesen temporär befreiten Schlüssel zu dieser superben, urbanen und witzigen Prosa –

Schon bin ich weg auf dem Weg zum Clamp Cent . . .

Zwanzigstes Kapitel

Amoklaufende Gremlins in einem Genetik-Labor! Junge, wenn das kein toller Hollywood-Einfall ist! Da riecht man doch das Kassenklingeln schon! Und zwar heftiges Kassenklingeln.

Billy Peltzer allerdings hatte wenig Zeit, an Hollywoodfilme zu denken, während er zu den Labors von *Splice of Life* rannte. Er war ausschließlich mit dem Gedanken beschäftigt, wie er das alles noch rechtzeitig stoppen konnte, ehe es vom halben Wahnsinn, der es schon war, in den kompletten mündete.

Als er ankam, waren die Gremlins dort am Mampfen und Schlürfen auf Teufel komm raus. Sie schreckten vor nichts zurück und verleibten sich ein, was ihnen in die Quere kam, und durchliefen als Folge davon zitternd und sich windend alle möglichen Verwandlungen. Als wäre das ein Film aus der Hölle.

Er entdeckte einen Gremlin an einem Labortisch, der gerade eine Retorte an sich nahm, in der sich eine blubbernde Flüssigkeit befand. Auf dem Glas war ein Etikett mit einem stilisierten Blitz. Und der Gremlin trank das Zeug nicht einfach, sondern verschluckte das ganze Ding und machte vernehmlich *gggggglunkk* dazu.

Billy blieb stehen und wartete auf die fällige Verwandlung. Aber nichts passierte. Es gab keine Verwandlung.

Dafür schien der Gremlin nun von einer Steckdose magisch angezogen zu werden. Er steckte seine Klaue in die Löcher. Und da gab es einen lauten Donnerschlag, und der ganze Gremlin explodierte in einer blitzhellen Neonkatastrophe von Energie. Und seine lichtumflossene Gestalt zitterte einen Augenblick lang und dann sog ihn die Steckdose, *fffllll-upp*, ein.

Na großartig, dachte Billy, ganz wundervoll! Das E-Werk würde sich freuen!

An einer anderen Stelle des Labors hatte inzwischen Frank Forster erhebliche Rendezvousprobleme. Er hatte eine Verehrerin. Eine ganz wunderschön gestaltete Gremlinin mit purpurrotem Haar, enganliegendem, kurzem, paillettenbesetztem Kleid und männermordenden Lippen hing an seinem Bein, während er versuchte, durch die Tür zu entkommen.

»Schauen Sie, Lady«, sagte er, »Sie wollen mich doch gar nicht! Wirklich wollen Sie doch gar nicht mich! Alle meine Freundinnen haben mich schon sitzengelassen! Wieso also nicht auch Sie?«

Indessen schien die Gremlinin, was das betraf, von sehr großer Entschlossenheit zu sein und keineswegs gewillt, von ihm abzulassen.

Die Gremlinverführung!

Zur gleichen Zeit hatte auch Dr. Catheter genau wie sein großes Idol Dr. Moreau gewisse Schwierigkeiten mit den transformierten Biesterchen. Er hatte schon die Hand in einem Wandschrank, aus dem er eine zwölfschüssige Uzi-MP zu holen hoffte. Was er aber wirklich herausholte, war nur wieder ein Gremlin, der sich sogleich in seinen Arm verbissen hatte. Er versuchte ihn abzuschütteln und hüpfte dabei durch das verwüstete Labor. Er rannte den Rest dessen um, was zufällig noch ganz gewesen war. Eine Anzahl weiterer Gremlins, die ihn sahen und zweifellos den berühmten verrückten Wissenschaftler in ihm vermuteten, warfen sich auf ihn und begruben ihn am Boden unter sich.

Billy hatte Wichtigeres zu tun, als sich darum zu kümmern. Er hatte an einer ganz besonders gefährlichen Stelle einen der mittlerweile zahlreichen Irokesen-Gremlins erspäht. Er spielte an dem Käfig der größten Tarantelspinne herum, die Billy je gesehen hatte. Über dem Käfig hing eine Tropfflasche und an deren Schlauch die Spinne im Käfig.

Nein, dachte Billy, das fehlt noch. Riesenspinnenessenz. Keine Frage, in was für eine Art Bestie dieser Gremlin sich dann verwandeln würde! Noch dazu in welche Riesen-Bestie!

Nein, diese unheilige Allianz mußte er nun wirklich um jeden Preis verhindern!

Billy rannte hin und griff sich ein Stück Rohr, um es dem Kerl über den Schädel zu dreschen.

Doch zu dieser Intervention kam es nicht mehr.

Gerade als er bei dem Irokesen-Gremlin ankam, spannte sich ein großer Lichtbogen von der Steckdose auf der einen Seite zu der auf der anderen, und zwar in der Umrißform eines Riesengremlins. Und er – Lichtbogen oder Gremlin –, kam zwischen ihn und den Irokesen und zwang ihn zurückzuweichen.

Der Irokese lachte glucksend und nahm den Spinnentropf und machte sich davon.

Der Elektro-Gremlin knisterte und knatterte weiter durch den ganzen Raum, und die Luft roch nach Ozon und Blitz. Billy warf es zurück, die Haare standen ihm elektrizitätsgeladen zu Berge.

Zum Glück bewegte sich der Elektro-Gremlin auf einen Labortisch voll wissenschaftlichen Geräts zu, in dessen Mitte sich auch ein großes Zyklotron befand. Das faßte er an, woraufhin es wie verrückt zu rotieren begann. Er beugte sich näher hin. Da hatten ihn die elektromagnetischen Kräfte auch schon *ffffllllupp* eingesogen. Das Ergebnis war ein Kurzschluß mit allem Komfort und mit Funken und Rauch.

Billy stieß einen Seufzer tiefer Erleichterung aus.

Der Bursche war da drinnen schon mal gut aufgehoben.

Freilich war ihm klar: Lange würde die Atempause des Dramas wohl nicht anhalten.

Und gnade Gott der ganzen Stadt, wenn der Kerl sich in die New Yorker E-Werke schlängelte! Wußte der Himmel, was dann passierte!

Daniel Clamp saß in seinem Büro und versuchte sich von dem verrückten Alptraum nicht überwältigen zu lassen.

Da hatte er geglaubt, sein Kumpel Donald Trump habe wirkliche Probleme mit seiner Iwana-Geschichte! Mann! Wenn es weiter nichts war! Was war das schon im Vergleich mit der Tatsache, einen ganzen Wolkenkratzer voller kleiner grüner Monster am Hals zu haben!

Das war doch fast so schlimm wie...

Fast so schlimm...

...verdammt, fast so schlimm wie ein ganzer Wolkenkratzer voller Rechtsanwälte!

Er hatte ein großes Glas mit seinem Lieblingswhisky in der einen Hand und in der anderen das Telefon. Eben hatte er einen großen Schluck getrunken und sagte seiner PR-Abteilung ins Telefon: »Ja, genau. Mein Gott, die Leute werden es überleben, und das Gebäude übersteht es auch... aber ich brauche Schadensbegrenzung, PR-mäßig, verstanden?... Was ihr ihnen sagen sollt? Ihr sagt ihnen, alles ist unter Kontrolle, wir haben lediglich ein paar Routineprobleme gehabt, und wir kriegen alles rasch wieder unter Kontrolle und –«

Und etwas erregte an dieser Stelle seine Aufmerksamkeit. Einer der zuvor schwarz gewesenen Monitore zeigte jetzt plötzlich eine Karte, auf die etwas gekritzelt war. CLAMP KABELFERNSEHNACHRICHTEN! Die Karte wurde weggenommen, ein mieses und zittriges und wackelndes Bild von der Eingangshalle erschien. Kleine grüne Monster – *Gremlins* hatte Billy Peltzer sie genannt – tobten wie die Wilden herum. Doch nicht das war das, was Clamp so sehr erstaunte.

»Ein Live-Bericht aus dem Zentrum des Clamp-Building! Krise! Hier hat eine Invasion stattgefunden! Diese Invasion ist durch seltsame Kreaturen erfolgt, die vielleicht von anderen Galaxien stammen... oder aus der Raumkrümmung kommen!«

»Dracula...!« stammelte Clamp.

Und da war er tatsächlich. Ein Kerl im Dracula-Kostüm,

ein CCNN-Mikro in der Hand (*Clamp Centre News Network*), der eine Live-Reportage machte! Kein anderer als Grandpa Fred – aus der Horrorserie im Nachtprogramm!

». . . und gerade vor einem Moment«, sagte Fred, und seine Augen wurden groß wie Teller – er konnte es auch hier nicht unterlassen, seine übertriebene Mimik aus der Horror-Show anzuwenden, ». . . in einem erschauernden, blutgefrierenden Vorfall . . .« Er schien sich erst selbst wieder fangen zu müssen, ehe er im Stakkatostil von David Brinkley fortfuhr: ». . . ähm, sie setzen ihr Werk der Zerstörung und Heimsuchung dieses schon leidgeprüften Bauwerks jetzt fort, wie bisher schon den ganzen turbulenten, tumultuösen Tag über . . .!«

»Scheiße!« murmelte Clamp. »Verdammte Scheiße!«

Jetzt war also die Nachrichtensperre durchbrochen – und das auch noch durch einen dieser Samt-Zombies aus einer Horror-Serie!

Der auch noch aussah wie Grandpa Munster!

»Herb!« sagte er ins Telefon. »Haben Sie auch eine Abteilung, die sich mit Schlaganfällen befaßt?«

Vor dem *Clamp Building*, wo sich bereits eine Menge angesammelt hatte, stritt sich ein weniger glückliches Fernsehteam, dem es nicht gelungen war, in das Haus zu gelangen, um dort authentisches Bildmaterial zu filmen, mit einem Polizisten herum.

»So lassen Sie uns doch durch, Mann«, forderte der Reporter. »Wir übernehmen schon selbst die Verantwortung!«

»Kann ich nicht machen«, gab der Polizist mit der allseits bekannten unerschütterlichen Sturheit, die den New Yorker Polizisten auszeichnet, zurück, und sein Atem roch heftig nach seinem Lunch, der aus Bier und Doughnuts bestanden hatte, »die meisten Leute sind doch jetzt sowieso hier draußen.«

»Na also, und wer ist dann drinnen? Schauen Sie, ich war schon in Beirut . . .«

»Ach ja? Ich wette, dort vermißt man Sie heftig.« Und er schob den Reporter weg und blickte dazu so grimmig, als hätte er gute Lust, sich das Mikro zu schnappen, um es dem Fernsehfritzen in den Schlund zu stecken. Dann wandte er sich an die versammelte Menge. »So, Leute, nun mal alles zurücktreten, ja.«

Die Unruhe, die schon die ganze Zeit im Hintergrund entstanden war, konkretisierte sich nun in zwei feuerrote Feuerwehrautos, die sich ihren Weg durch die Menge bahnten und sie teilten. Die Feuerwehrleute schwärmten aus und schlossen ihre Schläuche an die Hydranten an. Weitere Polizisten kamen und drängten die Neugierigen noch zurück, um den Feuerwehrleuten Platz zu machen.

Dies war der Stand der Dinge, als die Futtermans eintrafen.

Murray Futterman keuchte heftig, Sheila kaum minder, aber verflixt, sie hatten es geschafft, den ganzen Weg hierher zum *Clamp Building*, und verflixt, Murray wollte verdammt sein, wenn er nichts unternahm.

Diese kleinen Monster schubsten ihn jedenfalls nicht mehr herum!

Er entdeckte einen Fernsehmenschen, der gerade eine aufgelöste Dame interviewte –

»Murray!« rief Sheila. »Sieh mal! Das ist ja Mikrowellen-Marge! Ich sehe alle ihre Sendungen! Von ihr habe ich gelernt, wie man den Mikrowellen Corn-Doodle Chowder zubereitet.«

Murray drängte sich bereits durch die Menge auf die beiden zu. Er mußte jetzt reden, verdammt und zugenäht! Alles sagte er!

»Und ... und dann«, erklärte Mikrowellen-Marge eben, »... dann fielen diese schrecklichen grünen Dinger in meine Küche ein und waren überall, und ... und sie packten alle möglichen Metallsachen in die Mikrowellenherde, und dabei soll man das doch niemals machen, auf keinen Fall, ein Mikrowellenherd ist nämlich nicht wie ein gewöhnlicher, er produziert nämlich eine . . . eine Reaktion, und dann ist alles explodiert, und diese schrecklichen Dinger – sie lachten, und . . .«

O verflixt, dachte Futterman. Also sie waren schon dabei! Wahrscheinlich waren sie schon überall!

»Sie quellen vermutlich schon aus allen Büros da drinnen«, sagte er zu seiner besseren Hälfte, die nur noch stammeln und lallen konnte vor Aufregung und Atemlosigkeit. Sie deutete aufgeregt zu den Feuerwehrleuten in ihren Regenmänteln und mit ihren Feuerwehrhelmen, die inzwischen ihre Schläuche gezogen und angeschlossen hatten und sich bereit machten für das Kommando *Wasser marsch!*

»Teufel auch!« fluchte Murray Futterman. Nein, nein, nein! Nicht auszudenken, wenn sie die Gremlins unter Wasser setzten!

»Halt, nein!« schrie er und rannte hin und versperrte den Eingang, damit die Feuerwehrleute nicht an ihm vorbei konnten. Er ruderte mit den Armen wie verrückt. »Wartet! Kein Wasser! Nein!«

»Was?« fragte der vorderste Feuerwehrmann verwundert.

»Es gibt kein Feuer. Es sind Gremlins! Und wenn man die naß spritzt, dann vermehren sie sich bloß!« Er wandte sich an den nächsten Polizisten. »Sie müssen mich da reinlassen! Ich weiß, wie man mit dem Problem fertig wird!«

Sheila fand plötzlich ihre Stimme wieder. »Murray!«

Murray Futterman wußte jetzt genau, was er zu tun hatte. Er hatte keine Angst mehr vor den Gremlins. Was ihm eine Höllenangst machte, war die Befürchtung, daß die ganze Geschichte aus dem Ruder lief, weil die sich durch Wasser vermehrten wie verrückt und die ganze Welt überschwemmten!

Der Polizist begriff natürlich gar nichts und vertrat dem angeblichen Retter den Weg.

»Ja, klar, Mann, ist ja gut. Sagen Sie, warum beruhigen Sie sich nicht einfach ein wenig? Ich meine, einfach nur –«

»Reden Sie nicht mit mir wie mit einem Verrückten!«

sagte Futterman – und dann traf es ihn wie ein Keulenschlag. Der ganze Kokolores. Die ganze Riesenwachskugel ... »Ich war überhaupt nie verrückt! Ich bin völlig in Ordnung!«

Sheila packte ihn und zog ihn weg. »Aber natürlich, Murray. Das habe ich dir doch immer gesagt!«

»Ich bin völlig in Ordnung!« Und er drehte sich um und wandte sich an die Menge. »Es gibt wirklich Gremlins, und sie sind da drin in diesem Clamp Center, jetzt! Kleine Monster mit großen Ohren. Sie sind die bösartigsten kleinen Teufel, die Sie je gesehen haben! Und ich bin nicht verrückt!«

Verständlicherweise zögerten die Leute in der Menge, diesen Versicherungen so einfach zu glauben.

Billy Peltzer stürmte in Daniel Clamps Büro.

Er brauchte Hilfe, und der einzige, der ihm helfen konnte, war Daniel Clamp.

Clamp lief nervös in seinem Büro hin und her. Als er Billy hereinkommen sah, schaute er ihm mit aufkeimender Hoffnung entgegen.

»Ah, Billy! Nun, wie geht es da draußen? Gibt es irgendwelche Fortschritte? Sagen Sie einfach nur ja!«

»Ich fürchte, Sir«, entgegnete Billy, »die Lage ist ziemlich schlimm da unten.«

»Schlimm?« fragte Clamp. »Entsetzlich ist sie! Es sind doch Menschen in diesem Haus hier! Lebende Wesen! Haben Sie eine Ahnung, was alles an Prozessen auf uns zukommt?«

»Ja, Sir. Wir müssen –«

Doch er kam nicht dazu weiterzusprechen. Ein Geräusch unterbrach ihn, das er nur zu gut kannte und das ihm Übelkeit bereitete. Er drehte sich um. Der Elektro-Gremlin war da und zog gerade seinen langen Lichtbogen direkt unter der Decke – und direkt auf ihn zu!

Auch Clamp sah es.

»Hilfe!« schrie er.

Ehe Billy darüber nachdachte, was er tat, griff er sich das nächste Videophon und stellte sich zwischen Clamp und den

Elektro-Gremlin. Er hielt den Videophonhörer hoch, als sei er ein Fanghandschuh.

Und sofort fuhr der Lichtbogen in den Hörer und fiel elektrisch in ihm zusammen und war darin verschwunden.

»Großer Gott, schauen Sie sich das an!« stöhnte Clamp.

Der Elektro-Gremlin saß im Bildschirm des Videophons fest und rumpelte darin herum. Er saß in der Falle und wurde von Stimmen vom Band herumgeworfen, die dann aus dem Lautsprecher kamen.

Und dann purzelten die Stimmen vom Band aus sämtlichen Lautsprechern heraus.

»Wenn Sie einen Anruf tätigen möchten, legen Sie jetzt bitte auf, und wählen Sie noch einmal...«

»Wie bedauern, sämtliche Leitungen sind derzeit belegt.«

Billy sah Clamp an. »Er sitzt im Telefonsystem fest und kommt nicht mehr raus! Damit ist er erst mal für eine Weile außer Gefecht.«

Eine weitere Stimme vom Band verkündete: »Bitte warten. In der Zwischenzeit erfreuen wir Sie mit etwas Pausenmusik.«

Die Musik begann. Es war die humoristische Mantovani-Version von *Raindrops Keep Falling on My Head*, das in ein munteres *Memories* aus »Cats« überging.

Der Elektro-Gremlin stöhnte und erschlaffte, und sein Zorn endete in totaler Agonie.

Daniel Clamp blickte auf. Sein ehrliches und offenes amerikanisches Gesicht zeigte offene und ehrliche Anerkennung und Dankbarkeit. »Also wirklich, Billy – danke.«

»Schon gut. Mister Clamp, wir müssen die Dinger daran hindern, das Gebäude zu verlassen. Wenn sie hinausgelangen, dann gnade Gott New York! Vielleicht nicht nur New York!«

Und noch ein offener und ehrlicher amerikanischer James-Stewart-Blick. Und Konsterniertheit. Und dann ein schweres Kopfnicken. Danach öffnete Daniel Clamp mit dem Ausdruck eines Leichenbestatters des vorigen Jahrhunderts aus dem Mittelwesten, der soeben den Auftrag erhalten hat, Abraham Lincoln zu begraben, eine Schublade und entnahm ihr eine Videocassette.

»Diese, Bill, dachte ich immer, wird niemals gezeigt werden. Aber vielleicht doch.«

»Was ist es?«

»Die Absage. Die große Absage.«

Er schob die Cassette in einen Recorder in seiner Wandinstallation. Und mehrere Monitore zeigten eine Bildmontage. Wunderschöne Tierszenen, Sonnenuntergänge, Strände, ruhige Flußläufe. Ernsthafte und getragene elektronische *New Age*-Musik, dann eine sonore Sprecherstimme:

»Wegen des Endes der Zivilisation beendet hiermit das Clamp-Kabelfernsehen seine Sendungen. Wir hoffen, unsere Programme haben Ihnen gefallen. Aber, noch wichtiger, wir hoffen, das Leben hat Ihnen gefallen.«

Zu den weiteren Bildmontagen, die folgten, erklang eine helle Mädchenstimme, die eine heitere Version eines alten Hymnus sang: »Und doch, in meinen Träumen, näher mein Gott zu dir ...«

Clamp wandte sich ab und atmete schwer, seine Emotionen drohten ihn zu überwältigen. Er wischte sich mit dem Zeigefinger eine Träne weg. »Wunderschön, nicht wahr?«

»Ja«, sagte Billy und blickte gedankenverloren auf die verwirrende Installation von Geräten. »Sir, könnten Sie vielleicht sämtliche Uhren im Gebäude drei Stunden vorstellen? Alle?«

Clamp sah ihn streng an wie ein Lehrer, der einen unartigen Schüler bestrafen will. »Billy, wir können gar nichts mehr tun. Warum?«

»Tageslicht bringt sie um, die Biester! Deswegen sind sie immer noch hier! Aber bei Sonnenuntergang – oder wenn sie glauben, daß es soweit ist – versammeln sie sich alle, um nach draußen zu stürmen. Alle werden sich in der Halle versammeln.«

»Ja!« sagte Clamp. »Richtig. Nur von dort können sie

hinaus. Durch den Haupteingang!« Er holte ein Fernbedienungsgerät aus seiner Jackentasche, tippte Befehle ein und überprüfte die Resultate.

»Sonnenuntergang ist heute um 19.25 Uhr.«

»Also können wir gegen halb fünf in Aktion treten.«

»Gefällt mir, die Idee. Das verwirrt sie. Wir besitzen Informationen, die sie nicht haben. Das ist die Situation, in der man einen Gegenspieler ausmanövrieren kann.« Er zwinkerte nervös mit den Augen. »Ja, übrigens, Billy... worin besteht unsere... Aktion?«

»Es ist nur so eine Idee. Sie müssen sie in Szene setzen. Von außerhalb des Gebäudes. Wenn Sie es nach draußen schaffen.«

»Sicher. Ich habe meinen persönlichen Eingang. Sie müssen auch mit raus.«

»Nein, ich muß hier drinnen einiges vorbereiten. Dinge... und Leute.«

»Also, wie ist das mit Ihrer Idee?«

»Ja, also, es ist natürlich riskant. Aber wenn sie funktioniert, können Sie damit die ganze Stadt retten!«

»Die ganze Stadt retten.« Clamp schrieb mit dem Finger eine imaginäre Schlagzeile in die Luft. ›BAULÖWE RETTET STADT!‹ Klingt gut. Schießen Sie los.«

Und Billy Peltzer fing an.

Einundzwanzigstes Kapitel

Von allem Verdruß, den ihm seine Gremlinverwandtschaft bereitet hatte, war das der schlimmste.

Gizmo kämpfte gegen seine Fesseln an und wünschte sich einmal mehr, lieber nicht so neugierig gewesen zu sein. Ein weiteres Mal verfluchte er sich selbst, obgleich das etwas schwierig war, denn Mogwais verfügten über kein einschlägiges Vokabular – der Sache am nächsten kamen ungefähr: »stinkige Eiscreme!« oder »Nicht gute Person!« –, daß er aus dieser Schublade herausgekommen war, mitten hinein in einen Wasserguß und Menge von Problemen.

George und Lenny und ein ganzes Schock irokesierter Gremlins hatten ihm die Hölle bereitet – oder, in Mogwaisprache, den Unhimmel. Er wußte nicht, wie er überhaupt die unglaublich perverse Choo-Choo-Eisenbahnzug-Tortur hatte überleben können, und das absolut teuflische ungöttliche Raquetballspiel, in dem er selbst als Ball gedient hatte.

Immerhin, er hatte es überlebt. Freilich hatte das George nur noch abscheulichere Ideen eingegeben, die sie jetzt mit großer Gremlin-Hingabe ausführten. Ideen geradewegs aus dem Hirn von Edgar Allen Gremlin!

Er befand sich noch immer im Kopierraum. Sie hatten ihn mittlerweile mit starkem Zwirn auf einen Papierschneidetisch gebunden. Über ihm hing George mit einem Arm von einem Regalbrett, in der anderen Hand hielt er ein selbstgebasteltes Pendel aus einer Reißschiene, einem Winkelmesser und Gummibändern. An dessen Ende baumelte im blitzenden Widerschein von Kerzenlicht und, nur gelegentlich von dem Rauch der Räucherstäbchen, die sie ebenfalls abbrannten, zugeweht, ein rasierklingenscharfes Messer. George schwang das Pendel hin und her. Die Messerklinge kam Gizmos Brust immer näher. Immer näher, bei jedem Schwingen. Immer näher.

Der Irokesen-Gremlin fand das unheimlich lustig. Er lief amüsiert neben der Folterszene hin und her. Und wie der Kino-Bösewicht, der sich mit Whisky vollaufen läßt, schlürfte er dabei unablässig aus der Phiole, die er im Genetiklabor gestohlen hatte. Das Etikett auf dem Glas zeigte ein Spinnen-Piktogramm...

Als die Klinge so nahe war, daß sie schon Gizmos Pelz berührte, wurde diesem endgültig klar, daß es sehr schlecht für ihn aussah, wenn er nicht endlich etwas unternahm.

Die Klinge durchschnitt schon die oberen Lagen des Zwirns, was seine Fesselung ein wenig lockerte.

Gizmos Haltung solchen Dingen gegenüber war bisher stets Augenverschließen und Furcht gewesen. Immer hatte er dergleichen von sich weggeschoben, es einfach nicht zur Kenntnis genommen und versucht, Schlimmem auszuweichen. Nun aber waren die Unholde schlicht zu weit gegangen. Einfach zu weit; selbst für einen friedliebenden, gutmütigen Mogwai wie ihn.

Genau. Sie hatten die Sache zu weit getrieben. Was zuviel war, war zuviel.

Einen Augenblick lang sah er schwarz. Und dann drückte er gegen seine Fesseln mit einer Kraft, die er sich selbst nicht zugetraut hätte.

Die Fesseln zerbarsten, die Schwärze verschwand, und Gizmo wußte nun ganz genau, was er zu tun hatte.

Ganz genau.

George griff sich die Reißschere wie eine Sense und hieb sie durch die Luft, um Gizmo mit der Messerklinge zu treffen.

Doch Gizmo packte die Pendelschnur einfach und zog so heftig daran, daß George von seinem Regalbrett herunterpurzelte und direkt auf den Irokesen-Gremlin fiel. Und während die beiden sich prügelten, gab Gizmo Fersengeld.

Er wich geschmeidig einer ausgestreckten Kralle aus und raste den Korridor entlang.

Billy! Er mußte unbedingt Billy finden!

Gemeinsam konnten sie diesen Wahnsinn vielleicht noch stoppen!

Und danach konnten sie vielleicht dann endlich etwas essen!

Er war am Verhungern!

Marla Bloodstone trat auf den Korridor, um sich nach jemandem umzusehen; irgend jemandem. Aber der Gang war verlassen und dunkel, und sie bekam dieses gruselige Gänsehautgefühl, das sie überhaupt nicht mochte.

»Arbeitet denn hier überhaupt niemand mehr?« rief sie laut und mit dem vorwurfsvollsten Ton, den sie aufzubringen vermochte. »Also, was ist! Ich brauche Licht in meinem . . .«

Doch da kam abrupt eine Donnerstimme aus den überall eingebauten Lautsprechern und unterbrach sie. ». . . stehle kein Büromaterial für meine privaten Zwecke . . .«

»Was?«

Und die Stimme – eine weibliche – fuhr fort: »Wenn ich der Firma Clamp Geld einsparen helfe, fühle ich mich selbst gleich viel besser.«

Und dann wurde die Stimme schneller und höher, bis sie nur noch ein unverständliches Quieken war.

»Was geht hier eigentlich vor, verdammt noch mal?«

Sie ging in den Vorraum und dann weiter, wo es noch dunkler war. Zum Teufel noch mal! Wie sollte man denn da arbeiten, ohne Licht und alles?

Sie stolperte vorwärts.

Und rannte plötzlich in irgend etwas hinein. Irgend etwas, das leicht nachgab und klebrig war. Sie kam nicht mehr davon los.

Verzweifelt strengte sie sich in dem Halbdunkel an, zu erkennen, was es war. Und dann blieb ihr fast das Herz stehen.

Heiliger Strohsack! Ein großes, haariges Spinnennetz!

Sie war derart schockiert, daß sie nicht einmal mehr schreien konnte.

Küchenschaben – gut, damit hatte sie leben gelernt. In New York gewöhnte man sich daran. An Küchenschaben. An Ratten. An Ausländer als Taxifahrer.

Aber Spinnen...?

Sie haßte Spinnen!

»Hilfe!« schrie sie. »Helft mir bitte, so hilf mir doch jemand!«

Doch ihre Stimme verhallte ungehört.

Mein Gott. Panik. Helle Wallstreetcrashbörsenpanik!

Wie sollte sie je noch ihren Ablieferungstermin einhalten?

Vor dem *Clamp Building* hatten die Feuerwehrmänner noch immer ihre Schläuche an den Hydranten und warteten auf das erste Anzeichen von Rauch, das ihnen das Signal geben würde, loszuspritzen, ungeachtet allen verzweifelten Flehens Murray Futtermans, um Gottes willen jeden Tropfen Wasser von den Gremlins fernzuhalten.

Die Polizisten drängten ihn auch immer wieder gnadenlos zurück, wenn er brüllte, bis er blau anlief: »So hört mir doch endlich zu! Hört auf mich! Kein Wasser, um Gottes willen keinen Tropfen Wasser auf die kleinen Mistkerle, wenn ihr nicht wollt, daß sie die ganze Welt überschwemmen und erobern!«

Und ein Raunen ging wieder durch die Menge.

An der Seite des Gebäudes tat sich etwas.

Aus einem Seitenaufzug am Gehsteig vor einem Delikatessenladen kam Daniel Clamp und ging auf die Menge zu. In Sekundenschnelle war er von einer Reportermeute eingekeilt.

»Mister Clamp, trifft es zu, daß das Gebäude evakuiert wurde?« fragte einer und hielt ihm ein Mikro hin.

»Sir, steht das Gebäude in Flammen?«

»Aber nein«, sagte Clamp. Er winkte die Feuerwehrleute

weg. »Das ist falscher Alarm! Wir haben lediglich ein paar technische Probleme, die –«

»Probleme?« hakte ein Reporter sofort nach. »Da drin treibt sich ein Kerl in einem Draculakostüm herum und berichtet über den Sender allerlei Zeugs von kleinen grünen Monstern. Was ist das, ein Versuch, New York in Panik zu versetzen?«

»Selbstverständlich nicht«, entgegnete Clamp.

»Dann gibt es diese Monster also wirklich?«

»Das haben Sie gesagt, nicht ich«, gab Clamp scharf zurück. Mit Pressekonferenzen wußte er Bescheid, da war er Meister. So leicht führten ihn die Burschen nicht aufs Glatteis. Ihn doch nicht. Mit denen wurde er jederzeit fertig.

Er ging weiter, die ganze Meute hinter ihm her.

Murray Futterman allerdings interessierte das alles überhaupt nicht. Er sah zu dem noch offenen Seitenaufzug. Das war es! So konnte er hineinkommen!

Und er war schon dort und drückte auf den Knopf.

Die Tür ging zu.

»Murray!« schrie Sheila.

Zu spät. Der Aufzug mit Murray verschwand, bevor jemand etwas tun konnte.

Murray Futterman war drinnen!

Er lächelte triumphierend in sich hinein und holte tief Atem. Okay, ihr Bastarde! Jetzt macht euch auf etwas gefaßt! Weil jetzt nämlich Murray Futterman kommt und euch in eure blöden kleinen Hintern tritt, klar?

Wenn das kein *Scoop* war!

Fred Finlay, besser bekannt als Grandpa Fred, war ganz außer sich vor Aufregung. Er hatte die Chance ergriffen, als Reporter über die Story seines Lebens zu berichten, und konnte auch noch wirklich so handeln wie Mike Wallace, eines seiner Idole. Er konnte eines von diesen Dingern interviewen!

Er war noch immer in seinem Dracula-Kostüm und saß

auf einer Plüschcouch. Der japanische Kameramann – der nebenbei gesagt, eine bewundernswerte Arbeit bei dieser Story leistete – kniete vor ihm und zoomte zurück, um Grandpa Fred ganz ins Bild zu bekommen, und dazu diese . . . ähm . . . Person auf der anderen Seite der Couch, die einen genauso lässigen und beherrschten Eindruck machte, als wäre sie Gore Vidal, der gerade wieder einmal eines seiner einseitigen und misanthropischen amerikanischen Geschichtsepen präsentierte.

»Und durch eine Wendung der Dinge, die noch bizarrer ist, falls das überhaupt möglich ist«, sagte Fred Finlay in die Kamera und gab sich demonstrativ diese übliche Pose von Mike Wallace, »hat sich eines dieser – Lebewesen . . .« Er wandte sich an seinen Gast: »Lebewesen, ist das korrekt?«

Der Gremlin nickte. Es war Mr. Brille, der ruhig und entspannt wirkte, eine Zigarette – in einer Spitze – rauchte, Anzug und Krawatte trug und natürlich seine Hornbrille aufhatte.

Und Kameramann Katsuji grinste und wiegte aufgeregt seinen Kopf, während er seine Kamera justierte.

». . . eines dieser Lebewesen«, sagte Fred noch einmal in die Kamera, »das sprechen kann, bereit erklärt, sich mit uns zu unterhalten.« Er wandte sich wieder an den smarten Mr. Brille. »Ich denke, die Hauptfrage, die alle Leute sich stellen, ist: Was wollen Sie?«

Mr. Brille wandte sich der Kamera zu und sprach mit gewählten Formulierungen ins Mikrophon. »Ja, Fred, wissen Sie, was wir wollen, ist, glaube ich, was jeder will und was Ihre Zuschauer auch haben.« Seine Augenbrauen gingen deutlich hoch. »Zivilisierte Kultur.«

Von irgendwoher aus dem Hintergrund – zweifellos aus der Bar – kamen Beifall und Jubel von Gremlins, die klatschten und Gläser und Karaffen zerschlugen.

»Damit meine ich die Annehmlichkeiten, Fred«, fuhr Mr. Brille fort. »Den gebildeten, zivilisierten Umgang. Diplomatie. Mitgefühl. Standard. Manieren, Benehmen, Tradition. Darauf zielen wir ab. Zugegeben, es mag auf diesem Weg Ausrutscher geben, aber – letztlich geht es um die zivilisierte Kultur. Die Genfer Konvention. Kammermusik. Susan Sontag. Alles, wofür Ihre Gesellschaft jahrhundertelang so hingebungsvoll gekämpft hat, versuchen wir zu erreichen. Wir möchten zivilisiert werden. Ich meine, nehmen Sie mal ein Beispiel, diesen Burschen da etwa –«

Wie es der Zufall wollte, kam eben ein ziemlich beschränkt aussehender Gremlin mit blödem Grinsen ins Bild.

Mr. Brille zog eine Pistole aus seiner Jacke, zielte und erschoß ihn.

Von hinten aus der Bar kam erneutes Jubelgeschrei.

»Nun, war das etwa zivilisiert? Ich denke doch, nein! Spaß, ja. Aber zivilisiert, kultiviert – nein, nicht im mindesten.«

Grandpa Fred, der zuerst einfach nur erschrocken gewesen war, kam zu der Überzeugung, daß es keine besonders gute Idee war, auf einer Couch mit einem völlig verrückt daherredenden Monster zu sprechen, das eine noch rauchende Pistole in der Hand hielt. »Nun, ja – ich meine – über dieses Thema ließe sich natürlich durchaus kontrovers...«

»Uns geht es ums Wesentliche, Fred!« sagte Mr. Brille und fuchtelte sorglos mit seiner Pistole herum. »Eßgruppen. Barschemel. Komplette Schlafzimmer. Günstige Zahlungsbedingungen, selbst wenn man uns in der Vergangenheit immer nur abgewiesen hat. Fred, was ist, wollen Sie weg?«

Und ob Fred weg wollte! Er gestikulierte Katsuji aufgeregt zu und signalisierte ihm: Runter vom Schiff!, während er selbst abhauen wollte.

Draußen verfolgte Daniel Clamp Billys Plan weiter.

Es war noch eine ganze Stunde bis Sonnenuntergang, doch drinnen gingen jetzt sämtliche (elektronisch gesteuerten) Uhren drei Stunden vor.

Während die Menge der Neugierigen sich nach wie vor nicht von der Stelle rührte, brachten Arbeiter mit Kränen eine Studiodekoration vor dem Eingang an – eine Szenerie vom Roten Platz in Moskau.

»Noch etwas nach links!« kommandierte Clamp, der die Sache selbst beaufsichtigte. »Vorsichtig, ganz vorsichtig ...«

Ein Feuerwehrkommandant kletterte von einem neu angekommenen Fahrzeug mit Leiter- und Hakenkran. Er schob seinen Helm zurück und kratzte sich am Kopf. »Und was soll damit nun passieren?«

Clamp deutete auf das Gebäude. »Diese Monsterdinger können nur heraus, wenn es dunkel ist. Wir haben sämtliche Uhren drinnen drei Stunden vorgestellt. Wenn sie glauben, daß schon Sonnenuntergang ist, und sehen, was für eine hübsche Nacht draußen herrscht, versammeln sie sich in der Halle und bereiten sich darauf vor herauszukommen. Und wenn sie kommen, lassen wir diese Kulisse fallen – und sie stehen da im hellen Sonnenlicht und verbrutzeln!«

Der Feuerwehrkommandant wandte sich zu der Theaterkulisse um. »Wo haben Sie die denn her?«

Clamp lächelte fein. »Von der Dekoration eines Broadway-Musicals, das ich mitfinanziert habe. Das über Stalin. Ist letzte Woche wieder abgesetzt worden.«

»Dachte ich es mir doch«, sagte der Feuerwehrkommandant, »daß ich das irgendwoher kenne. Kam mir so bekannt vor! Ich hab' das gesehen! Junge, konnte der tanzen!«

»Kate?« rief Billy Peltzer. Er rannte einen Flur entlang und suchte überall nach seiner Verlobten. »Kate!«

Und da fegte plötzlich ein Windsturmstoß aus dem Luftschacht und umtoste ihn, als hätte sich der Teufel persönlich in Sturm verwandelt.

Zweiundzwanzigstes Kapitel

Er kam von einem sirrenden Geräusch wieder zu sich.

Es war ein unangenehmes, schrilles Sirren. Genau die Art Sirren, die ihn an etwas erinnerte. An –

Nein, das konnte nicht sein! Also, er war irgendwo im *Clamp Building* unerwegs gewesen. Und jetzt hatte er schlimme Kopfschmerzen. Er hatte das Gefühl, als säße, besser läge, er in einem Zahnarztstuhl und ein Bohrer näherte sich ihm.

Er machte die Augen auf.

Er saß, besser lag, tatsächlich in einem Zahnarztstuhl. Und es kam ein Bohrer auf ihn zu.

Ein alberner Gremlin hielt den Bohrer. Auf sein Hemd war der Name DAFFY gestickt.

Und dieser Bohrer kam immer näher.

Dann rief auf einmal jemand von der anderen Seite des Raumes: »Billy!«

Beide, Billy und Gremlin Daffy, wandten sich dem Mann zu, der näher kam.

Murray Futterman!

Mr. Futterman lief auf sie zu. Daffy entfernte seinen Bohrer von Billys Mund und richtete ihn abwehrend gegen die Brust des Ankömmlings.

Mr. Futterman aber wich ihm geschickt aus, duckte sich weg, ergriff eine der hochintensiven Lampen über dem Behandlungsstuhl, schaltete sie ein und richtete sie direkt auf den Gremlin im Zahnarztkittel.

Daffy kreischte auf, ließ den Bohrer fallen und rannte eiligst zur Tür hinaus.

»Alles in Ordnung, Billy?« fragte Mr. Futterman.

»Ja . . . Mr. Futterman! Was machen Sie denn hier?«

»Ich wußte, Junge, daß Sie Hilfe brauchen. Und ich wollte Sie auf keinen Fall im Stich lassen. Also, was passiert jetzt?«

»Ich war gerade dabei, Kate zu suchen.«

»In Ordnung. Dann los!«

Billy Peltzer folgte ihm. Ein wenig schwirrte ihm noch der Kopf. Er war wirklich froh, jetzt einen Verbündeten zu haben. Irgendwie hatte er das ganz bestimmte Gefühl, daß Kate in ziemlichen Schwierigkeiten war.

Kate Berringer irrte ihrerseits durch einen halbdunklen Korridor und rief suchend: »Billy! Billy!«

Sie hatte irgendwie das ganz bestimmte Gefühl, daß er in ziemlichen Schwierigkeiten war.

Die Flure im Clamp Building waren ohne normale Beleuchtung ziemlich düstere Höhlengänge, in denen man nicht so ohne weiteres zurechtkam. Gott sei Dank hatte sie sich in den Räumen des Hausmeisters eine Taschenlampe organisiert. Sie leuchtete sich damit durch die dunstige Finsternis.

Irgendwo weiter vorne bewegte sich etwas.

Sie ging durch einen Türdurchgang und ließ ihren Lichtkegel vor sich her tanzen. Sie entdeckte etwas. Eine Gestalt, die in einer Art riesigem Spinnennetz gefangen zu sein schien, das sich von einer Wand zur anderen und vom Boden bis zur Decke spannte.

Marla Bloodstone, Billys Abteilungschefin! Und die Frau, die ihm den Lippenstift auf die Wange verpaßt hatte!

Marla bemühte sich noch immer, sich zu befreien. Sie drehte sich zu Kate um. Ihre normalerweise makellose Frisur war total ruiniert und ihre wie aus dem Ei gepellte Busineß-Erscheinung ziemlich ramponiert. Sie sah jetzt eher aus wie Tarzans Jane in einem der alten Filme mit Johnny Weismüller.

Ihr verzweifeltes Gesicht hellte sich auf, als sie Kate erkannte, und unter ihrem verschmierten Make-up war neue Hoffnung sichtbar. »Gott sei Dank, daß Sie hier sind!«

Kate musterte sie erst einmal mißtrauisch und mit gerunzelter Stirn. Sie ließ ihr diesen femininen Blick der Gattung »Du falsche Schlange« zukommen, der einen Spiegel auf zehn Meter Entfernung zum Springen bringen konnte. Die Luft war sofort dicker, und etwas ausgesprochen Feindlich-Kämpferisches tobte zwischen ihnen. Als ob sich Katzen anfauchen.

»Gute Lust hätte ich, und ließe Sie hier hängen. Scheint Ihnen mal ganz gut zu tun, so ein Dämpfer!«

Marla zwinkerte heftig mit den Augen, dabei fiel eine ihrer künstlichen Wimpern ab. »Aber Kate! Sie meinen wegen Billy? Es ist doch überhaupt nichts passiert. Wirklich nicht. Gut, ich habe ihn gebeten, mit mir essen zu gehen. Aber das war doch rein geschäftlich.«

Kate schüttelte unwillig den Kopf. »Sie glauben doch nicht im Ernst, daß ich Ihnen den Quatsch abkaufe, oder? Ihren Typ kenne ich, Schätzchen!« Und sie drehte sich tatsächlich zum Gehen um.

»Kate! Nein! Sie können doch nicht einfach weggehen!« rief ihr Marla verzweifelt nach. Sie klebte total hilflos in dem Riesenspinnennetz fest. »Warten Sie doch! Gut, ich will es Ihnen ehrlich sagen. Es wird in seiner Offenheit eine kathar-sisch-reinigende Wirkung haben. Also, es war nicht nur geschäftlich. Ich habe versucht, ihn anzumachen. Aber es ging überhaupt nichts bei ihm. Genügt Ihnen das?«

Kate betrachtete sie und entdeckte so etwas wie Aufrichtigkeit in ihrem Gesicht. »Na gut.«

Sie holte aus ihrer Schultertasche ein feststehendes Messer und begann damit die Schnüre des Spinnennetzes zu zerhauen.

Marla, die über die Schulter nach hinten blickte, sah plötzlich etwas.

Etwas, das sie aufschreien ließ.

Kate fuhr herum.

Mitten im Türdurchgang, so daß kein Entkommen war, blockierte ein Gremlin den Weg. Nur, es war nicht einfach ein Gremlin. Wie die Karikatur eines Kentauren war er oben

Gremlin – bösartiger, finsterer Gremlin – und hatte ansonsten den Leib einer riesigen haarigen gruseligen Tarantelspinne zum Fürchten.

Auch Kate schrie nun entsetzt im Duett mit Marla, während die Gremlinspinne – der Spinnen-Gremlin – auf sie zugekrochen kam, abstoßend häßlich der ganze Leib, gemein der lüsterne Blick, eine einzige gierige räuberische Flinkheit und Zielstrebigkeit...

Kate wurde klar, daß das dumpfe Knurren, das sie vernahm, nichts anderes war als der Magen des Untiers.

»O verdammt!« sagte sie. Sie zerhieb hastig die restlichen Netzschnüre, an denen Marla noch hing. »Los«, rief sie ihr zu, »machen wir, daß wir wegkommen!«

Die Aufforderung war gar nicht nötig. Marla hatte bereits ihre Stöckelschuhe von sich geschleudert und rannte neben Kate her, was das Zeug hielt.

Aber sie hatten es in ihrer Panik viel zu eilig, als daß sie bemerkt hätten, daß der Flur, in dem sie waren und durch den sie zu flüchten gedachten, mit weiteren Riesenspinnennetzen versperrt war. Sie prallten mitten in das nächste.

»O nein!« kreischte Marla, dem Nervenzusammenbruch nahe. »Nicht noch einmal!«

Am allerschlimmsten aber war, daß Kate so heftig an das Netz prallte, daß sie dabei ihr Messer fallen ließ. Keine Chance mehr, sich loszuschneiden!

Und dabei kam ihnen der Spinnen-Gremlin immer näher, flink und lüstern, und der Geifer hing ihm aus den Mundwinkeln. Er streckte die Klauen schon vor, um zuzupacken...

Es war der Horror aus dem Alptraum, die dramatische Szene, wie es sie üblicherweise nur in den Horrorfilmen der fünfziger Jahre gab.

»Billy!« stöhnte Kate, während der Spinnen-Gremlin auf sie zustieß.

Es war Zeit, in Aktion zu treten. Und Gizmo, der Mogwai, war genau der Richtige dafür.

Mit entschlossenem Ingrimm im Gesicht stieß er das Gitter des Luftschachts auf und arbeitete sich hinaus. Er sprang auf eine Vitrine, wo er genug Platz zum Manövrieren hatte.

Unter ihm spielte sich die hochdramatische Szene ab: Spinnen-Gremlin und zwei hilflose, im Netz gefangene Frauen!

Ganz entschieden Zeit, mit dem Hinterntreten anzufangen!

Er hatte inzwischen die Nase voll von diesem bösen Kroppzeug! Selbst die edelste Güte und mildeste Friedfertigkeit hatten irgendwo ihre Grenzen! Und wenn man sich hundertmal eine reinhauen ließ, das hundertunderstemal dann eben nicht mehr! Nein, irgendwann war für alles Schluß, Ende, Sense. Dann wurde man selbst eine flinke und gemeine Kampfmaschine!

Er hatte begriffen, was er zu tun hatte!

Er hatte es begriffen, denn er hatte schließlich, bei Mister Wing, diese Sylvester-Stallone-Filme gesehen! Wie hatten die gleich noch geheißen? Ja, richtig: Dumbo, Dambo, oder so ähnlich.

Und also hatte sich Gizmo inzwischen ein hübsches schwarzes Stirnband beschafft und es sich fest umgebunden. Und dann hatte er sich einen Bogen angefertigt, genau wie im Kino. Nur war seiner aus kräftigen großen Büroklammern und Gummis. Was er als Pfeile verwendete? Nun, Streichhölzer natürlich.

Lediglich einen Hubschrauber hatte er keinen, mit dem er unvermutet vom Himmel herabstoßen konnte. Nur einen sehr haarigen und sehr häßlichen Spinnen-Gremlin.

Aber er erinnerte sich gut, was der Muskelmann gesagt hatte. Er wußte, was er zu tun hatte:

»Um den Krieg zu überleben, muß man selbst Krieg werden!«

Und Gizmo, der Mogwai, zog das Streichholz über die Mauer, und es flammte auf.

Und er zielte . . .

. . . und schoß es ab!

Sie kamen um die Ecke. Sie hatten die Hilferufe gehört und waren ihnen nachgelaufen. Und dann sahen sie das aufflammende Streichholz, und wie es durch die Luft flog wie ein winzigkleiner Meteor, der über den wolkigen, verhangenen Himmel zischt.

Und Billy und Mr. Futterman folgten dem flammenden Geschoß und fuhren entsetzt zurück, als sie das unglaublich häßliche große Gremlinmonster vor sich erblickten, welches das Ziel des Flammengeschosses war.

Ein ekliges Ding! dachte Billy.

Zum Glück war Gizmos Pfeil nicht einfach nur wohlgezielt, sondern erwies sich auch als überaus effektiv. Er landete dem Vieh auf der Schulter und rutschte ihm den Rücken hinab. Es brannte immer noch weiter und hinterließ seine Feuerspur.

Die Flammen schlugen höher.

Und breiteten sich aus!

Und in Sekundenschnelle stand der ganze Spinnen-Gremlin in hellen Flammen! Er wand und rollte sich und streckte zappelnd alle Beine in die Höhe. Seine Beine sahen aus wie die großen Äste im Lagerfeuer. Es roch heftig nach verbrannten Insekten . . .

Noch einer zum Anhaken! dachte Billy.

Aber an sich gab es jetzt Wichtigeres zu tun. Er stürzte auf die beiden Mädchen zu, um sie zu befreien.

»O Billy!« stöhnte Kate.

»O Billy!« stöhnte auch Marla. Doch Kate funkelte sie sogleich wieder feindselig an. »Da unten liegt irgendwo mein Messer. Ich habe es fallen lassen.«

Billy hob es auf und schnitt sie beide frei. Kate warf ihm Marla geradezu in die Arme.

Murray Futterman war inzwischen mit einem kleinen Wesen auf der Vitrine beschäftigt. »Was ist das denn?« wollte er wissen.

»Das ist Gizmo, Mister Futterman«, erklärte Billy. »Er steht auf unserer Seite.«

»Okay. Ist mir nur recht«, sagte Murray Futterman. Er zeigte nicht die mindeste Furcht, reckte sich hoch zu Gizmo und half ihm herunter. »Ja, übrigens, danke, Gizmo«, sagte er.

Gizmo nickte und zeigte seinen Sylvester-Stallone-Blick. *Très* cool. *Très* harter Mann.

»Billy«, sagte Kate und deutete auf Gizmo und sein neues Benehmen, »was ist mit ihm passiert?«

»Ich vermute, die Sache ist ihm zu bunt geworden.« Und mit Liebe im Blick und sichtlicher Erleichterung fuhr er fort: »Gott sei Dank ist dir nichts passiert.«

»Ja, jetzt geht es mir wieder einigermaßen gut.«

Marla war mit ihrer Handtasche beschäftigt, die sie hatte fallen lassen. Sie holte zwei Zigaretten heraus, zündete sie beide an, hielt sie in beiden Händen und rauchte sie abwechselnd. »Könnte mir vielleicht jemand sagen, was hier eigentlich vorgeht?«

»Also«, begann Billy, »es war so. Gizmo wurde naß, und dann fraßen die Mogwais auch noch nach Mitternacht, und dann müssen einige der Gremlins wohl mutiert haben, von dem genetischen Zeug, das sie sich bei *Splice of Life* einverleibten.«

Marla blinzelte durch den Zigarettenrauch und nickte verständnislos. »Aha.«

»Und wenn die Biester aus dem Haus rauskommen ...« fuhr Billy fort.

»Denen legen wir das Handwerk, Billy!« erklärte Murray Futterman. »Soll ich Ihnen mal was sagen? Seit damals in Kingston Falls hatte ich ständig Angst, daß das alles noch mal passieren würde.« Er sah angespannt aus, aber völlig siegessicher. Ganz siegessicher. »Und jetzt, wo es passiert, was glauben Sie? Jetzt habe ich kein bißchen Angst mehr!«

»Wie kommt das?« wollte Billy wissen. Er war ehrlich interessiert. Das war für Mr. Futterman ja ein echter Durchbruch!

Murray Futterman antwortete achselzuckend: »Schon komisch, was? Aber wissen Sie was, Billy? Ich habe es rausgefunden. Die letzten vier Buchstaben von *American*, Billy! Na? *I can*! Ich kann es! Ich bringe es fertig, ich schaffe es! Was? Washington hat auch nie aufgegeben, wußten Sie das? Und Lincoln auch nicht –«

»Bitte!« seufzte Kate da und sah wieder einmal so aus, als kämen ihr gleich die Tränen.

»Was ist los?« fragte Murray Futterman.

»Tut mir leid, aber es ist – da fällt mir Lincolns Geburtstag ein! An Lincolns Geburtstag passierte einmal etwas Schreckliches und seitdem . . .«

Nein, nicht doch. Kein Zweifel, das mußte eine genauso traurige Geschichte sein wie die von ihrem Vater an Weihnachten . . . und die hatte es schon in sich!

»Kate«, warf Billy ein, »dazu haben wir jetzt wirklich keine Zeit. Kommt endlich!«

Er zerrte Kate mit sich, bevor sie ihre Schreckensstory loslassen konnte.

Sosehr sie ihm ans Herz gewachsen war, gab es im Moment doch wichtigere Dinge als Kate Berringers Erlebnisse an Lincolns Geburtstag.

Dreiundzwanzigstes Kapitel

Sie waren alle da und bereit.

Sämtliche Gremlins im *Clamp Center Building* hatten sich, nachdem sie festgestellt hatten, daß es Zeit war, sich auf ihren Ausmarsch in die Straßen von New York vorzubereiten – 19 Uhr bedeutete doch, daß da draußen alles dunkel war, nicht? –, in der Eingangshalle versammelt.

Sie waren alle für die große Party bereit.

Alle waren sie versammelt, vereint zu einer gloriosen abscheulichen Truppe. Ein Umzug aus der Hölle!

Da war George. Und natürlich Lenny, der wie üblich herumalberte. Und Daffy mit seinem üblichen Blödsinn. Und viele andere blätterten und suchten aufgeregt in Stadtplänen und Reiseführern und plapperten hektisch durcheinander. Was das für ein Spaß wurde, wenn sie in das Empire State Building einfielen! Und die Grand Central Station auf den Kopf stellten!

Ganz zum Schluß, als letzter betrat Mr. Brille würdevoll die Halle, tipptopp in Schale, wie aus dem Ei gepellt. Inklusive Hut. Den nahm er jetzt ab und warf ihn in die Menge. Dann legte er sein schniekes Sportsakko ab und warf es sich über die Schulter. Er zog an seiner Fliege am Hals und ließ sie zurückschnellen.

Er vollführte ein paar Tanzschritte und fragte: »Sind alle hier?« Und er vollzog eine großartige Geste über die Menge hin.

Alle Gremlins antworteten mit einem gemeinsamen zustimmenden Schrei. Sie konnten es kaum noch erwarten.

»Also dann!«

Und er gab das Zeichen für das gemeinsame Lied.

Die bekannte Einleitung begann: *Da da dadada, da da dadada . . .*

Und Mr. Brille begann das Lied, das dieser italienische Sänger aus Hoboken so bekannt gemacht hatte: *New York, New York.*

Und sämtliche Gremlins fielen ein, wiegten sich im Rhythmus, tanzten dazu, und ihre diversen Kostüme flatterten und schwangen mit, als sie sich zu einem gemeinsamen Chor vereinigten, der sich ansah wie eine Busby-Berkley-*Chorus Line* vom Mars.

In einiger Entfernung lugten zwei menschliche Wesen aus der Deckung hinter den Mülltonnen hervor und trauten ihren Augen nicht. Der unermüdliche Katsuji hielt bereits wieder mit seiner Kamera drauf, während Grandpa Fred ins Mikrophon redete wie Edward R. Murrow mit seinen Frontberichten im Zweiten Weltkrieg aus dem nächsten Bunker.

». . . man traut seinen Augen nicht, aber nachdem diese Kreaturen zuerst diese Orgie der Zerstörung veranstaltet haben, scheinen sie sich jetzt zu einer Bühnennummer zusammenzufinden . . .«

Oben im Zwischengeschoß waren mittlerweile, gerade noch rechtzeitig, um diese aufgedrehte Musikdarbietung mitzubekommen, Billy Peltzer, Kate Berringer, Gizmo und Murray Futterman eingetroffen.

»He«, sagte Mr. Futterman, »die Burschen sind gar nicht schlecht!«

»Billy, sie marschieren zum Ausgang!« sorgte sich dagegen Kate. »Sie ziehen in die Stadt! Sie werden sich in sämtliche Straßen ergießen!«

Billy deutete auf die solidarisierten dunklen Fenster. »Es ist noch gar nicht dunkel draußen, weißt du! Mister Clamp hat es nur so arrangiert. Hab keine Angst. In ein paar Sekunden läßt er draußen den Vorhang fallen. Und der helle Sonnenschein kommt herein, und –«

Und da donnerte es draußen gewaltig. Und die Dunkelheit draußen wurde noch dunkler. Und Regen begann zu rauschen.

»Sonnenschein, wie?« sagte Kate.

Und ein weiterer heftiger Donnerschlag ließ das ganze *Clamp Center* erzittern.

Daniel Clamp blickte mißmutig zu den Wolken hinauf, die das große E-Werk am Himmel einfach abgestellt hatten. Zu dumm, daß er das nicht aufgekauft hatte, dachte er. Resigniert winkte er den Männern ab, die den Kulissenvorhang hielten und ihn in ein paar Minuten hätten fallen lassen sollen.

Drinnen führte Mr. Brille seine vereinigten Gremlins gutgelaunt auf den Ausgang zu. Gleich würden sie das nächste Lied singen. *Singing in the Rain.*

Ein paar Gremlins formierten sich bereits zu einer beineschmeißenden Revuegirltruppe, während andere mit hungrigen Augen in die Seiten des Restaurantführers *Dining after Midnight in New York* vertieft waren.

Im Zwischengeschoß sahen Billy und die anderen hilflos zu. »Wenn die so alle zusammen in den Regen rausmarschieren«, sagte Mr. Futterman, »dann gute Nacht.«

»Billy, wir müssen etwas unternehmen!« drängte Kate.

»Ja, ich weiß, ich weiß«, sagte Billy.

Und dann hatte er eine Idee.

Er wußte, was sie tun konnten.

Er deutete auf einen aufgerollten Feuerwehrschlauch in einer Wandnische hinter Glas. »Mr. Futterman, holen Sie den Schlauch her, und richten Sie ihn auf die Halle unten.«

»Was, in die Halle runter? Sind Sie übergeschnappt, Junge?«

»Machen Sie schon, schnell! Kate, such dir eine Schachtel und setz Gizmo hinein. Paß auf, daß er nicht naß wird.«

Dann wandte er sich an Marla, die immer noch wie ein Schlot rauchte, immer gleich mehrere zugleich. »Marla!«

»Ja?«

»Marla, Sie rauchen!«

Sie nickte. Ja,ja, das konnte sie machen. Kein Problem.

Unten in der Halle war Mr. Brille noch immer lauthals am Singen.

Kate hatte inzwischen in einem Schuhladen in der Nähe einen Karton gefunden und setzte Gizmo in ihn hinein.

Mr. Futterman rollte den Schlauch aus.

Billy zerrte ein Videophon aus einem der Büros und gab es Kate, die gerade mit dem leicht widerstrebenden Gizmo fertig geworden war, der eigentlich an der allgemeinen *action* beteiligt sein wollte.

»Hör zu, Kate«, sagte er, »in Mister Clamps Büro steht noch immer eine Leitung. Kannst du die hier runter verbinden, ohne daß du hinauf mußt?«

»Gott – na ja, ich denke schon...«

»Dann beeil dich!«

»Halten Sie ihn«, befahl Kate und reichte die Schuhschachtel, in der Gizmo saß, Marla. Marla mußte sich nun einer ihrer Zigaretten entledigen, nahm die Pflicht aber klaglos auf sich. »Und lassen Sie ihn auf keinen Fall naß werden!« instruierte Kate sie.

»Beißt er?« fragte Marla.

Aus der Schachtel ließ Gizmo einen vorwurfsvollen Laut vernehmen.

Sie waren soweit.

Billy konnte nur hoffen, daß sein Plan funktionierte. Wenn nämlich nicht... nun, darüber dachte er lieber gar nicht erst nach... Was dann über die Stadt hereinbrach...!

Um nicht zu sagen: über das ganze Land.

Die ganze Welt!

Einige Gremlins hatten sie inzwischen entdeckt und begannen auf eine der modernen Plastiken zu klettern, um sie zu attackieren.

Jetzt wurde es knapp, fand Billy Peltzer. Aber sehr knapp.

»Sie wissen also, wo Sie den Strahl hinrichten müssen?« vergewisserte er sich noch einmal bei Mr. Futterman.

»Schon. Aber verstehen tue ich es trotzdem nicht«, erwiderte Mr. Futterman.

»Warten Sie's ab.«

»Ich kann nur hoffen, daß das klappt, Billy. Das ist alles, was ich sagen kann.« Mr. Futterman deutete mit der Schlauchspritze auf die tanzenden und herumtollenden Gremlins. Billy rannte zu dem Rad, an dem das Wasser aufzudrehen war.

Unten war Mr. Brille auf dem Höhepunkt seiner Vorfreude, gleich den großen Angriff auf den großen Apfel da draußen – Big Apple, Fun City höchstselbst – zu starten. Das atemberaubende Finale dieser großen, so wunderschön choreographierten Gremlin-Produktion . . .

It's up to you, New York, New York . . .

Und damit griff er nach der Tür, um sie aufzuziehen, und gleich danach sollte sich dann die Gremlinmenge über die große Stadt ergießen.

Zugleich aber griff Billy nach dem Rad für das Wasser.

Es klemmte!

»Verflucht – nein«, schimpfte er. »Komm schon, los!«

Und er bot alle Kraft, die er hatte, auf, um das klemmende Rad zu drehen.

Es drehte sich.

Er spürte, wie das Wasser in den Schlauch schoß und ihn aufblähte und hart machte. Der Druck warf Mr. Futterman am Anfang des Schlauchs fast um, aber er war ja kräftig. Und die nötige Entschlossenheit besaß er obendrein.

Psssccccccccccccccccchhhhhhhhhhhhhhhhhhhhhh!

Dick und heftig kam der Wasserstrahl und wusch als erstes die auf die Statue gekletterten Gremlins weg wie nichts. Sie purzelten in die Menge, über die sich nun ebenfalls der Strahl aus dem Schlauch ergoß wie ein wildgewordener überdimensionaler Sprinkler.

Wie Billy ihn instruiert hatte, spritzte Mr. Futterman gleichmäßig über alle hin und achtete darauf, daß sämtliche Gremlins naß wurden.

Und wie naß sie wurden!

Ein künstlicher Wolkenbruch ging über sie nieder und erwischte sie alle, George und Lenny und sämtliche Irokesen. Und vor allem und in erster Linie erwischte der Strahl Mr. Brille, schlug ihm den Griff der Tür, die er schon aufziehen wollte, aus der Hand und brachte es sogar fertig, ihn endlich zum Verstummen zu bringen!

Wasser!

Alle Gremlins wandten sich mit breitem Lachen dem Naß zu, um ja möglichst viel davon abzubekommen.

Wasser!

Immerhin der Stoff, aus dem die Gremlins kamen! Und mit dem sie immer noch mehr wurden!

Fast im gleichen Augenblick schon, da sie benetzt wurden, begannen sie über und über aufzuplatzen.

Das war ein Anblick!

Murray Futterman hielt mit seinem Schlauch in sie hinein, was nur ging, immer Billys Anweisung folgend. Es war wichtig, daß sämtliche Gremlins gut durchnäßt wurden! Noch wichtiger aber war, daß möglichst rasch eine durchgehende Wasserpfütze auf dem Boden der Halle entstand, in der alle Gremlins gemeinsam standen!

Billy stieg auf das Geländer und schaute sich die Szene an. Ja! Alles lief nach Wunsch! Das Wasser war da. Nur noch ein paar Sekunden, um ganz sicher zu sein . . .

Da sah man bereits die neuen kleinen Gremlins aus den Hautblasen platzen. Und es rauchte. Und der glitzernde Schleim. Und die Geräusche der aufplatzenden Blasen. Und Schwefelgeruch. Und eine unglaublich rasend schnelle Gremlinvermehrung . . .!

Es war keine Zeit mehr zu verlieren.

Nächster Punkt im Programm.

Er gab Kate das Zeichen, die gehorsam heftig auf die Tasten des Videophons hieb.

»Eingabe PBX«, rezitierte sie wie eine Litanei und versuchte sich an den richtigen Ablauf zu erinnern. »Zurück über die Module für die Nachrichtenstimmen... Zentrale... in das Äthernetz... fünfstelliger Code...«

»Das ist es!« rief Billy.

Und da kam es (er).

Auf dem Videophonbildschirm erschien wütend und wild zappelnd in elektrizitätsgeladenem Zorn der Elektro-Gremlin! Er wand sich in Agonie, während die Mantovani-Hölle spielend weiterging.

Er versuchte herauszukommen, und Billy Peltzer wartete nur darauf, ihm dabei behilflich zu sein. Er nahm Kate das Videophon aus der Hand und hob den Hörer hoch empor, hinaus über das Geländer des Zwischengeschosses und über das rauchende, glitschige und grausliche Gewoge der Gremlins, die wie verrückt Abkömmlinge heckten.

Dann drückte er den blinkenden Knopf.

Und dann sah er, zum erstenmal wirklich, was echte Anarchie war, authentischer Wahnsinn...

Die Originalhölle in New York City.

Vierundzwanzigstes Kapitel

Wenn er später einmal, dachte er, seinen Enkeln die Geschichte von der Wiedergeburt und Vernichtung der Gremlins erzählte, dann, dachte Billy, mußte er wohl ein wenig zensieren, hier und dort. Denn die Szene, wie er den Elektro-Gremlin losließ, war wirklich nur *ab 18*. Geschmackszensur. Gewaltverherrlichung...

Voller Freude, endlich wieder frei zu sein, sauste der Elektro-Gremlin auf dem schnellsten Wege nach unten, um sich zu seinen Artgenossen zu begeben.

Und war das nicht herrlich! Wie sie sich alle in wundervollem Wasser suhlten! Die Stimmung war großartig und jede Sekunde platzten hundert neue kleine Gremlins aus den Hautblasen eines jeden...!

Wer wollte da nicht dabeisein und mitmachen!

Wer wollte da nicht ebenfalls eine Menge eigene Babys haben!

Babys waren einfach wundervoll!

Und also tauchte der Elektro-Gremlin in die Menge seiner Artgenossen.

Und in das Wasser.

Nun kann Ihnen selbstverständlich jeder Physiker – ach was, schon jedes Opfer eines in die Badewanne gefallenen Haarföns – sagen, daß Wasser Elektrizität noch besser leitet als Leonard Bernstein die New Yorker Philharmoniker.

Und als der Elektro-Gremlin in all das Wasser eintauchte, sausten dann natürlich die ganzen Zillionen von Watt und Volt und Ampère und was es da noch alles geben mag, wie die Wilden hin und her und in alles, was Gremlin hieß, und schmolzen sie.

Und der arme Elektro-Gremlin selbst ging in einem gewaltigen Kurzschluß auf. Oder aus. Oder was immer.

Und alle die wundervollen Gremlinbabys wurden zu goldenem Schwarz getoastet.

Und was der Vorgang bei den erwachsenen Gremlins bewirkte – war das eine Reaktion, sagen wir, knapp unterhalb des Atom-Levels.

Es löste jede einzelne Zelle ihrer Gesamtorganismen auf.

Mit einem Wort, das Resultat war: spek-ta-ku-lär!

Da gibt es diese berühmte Geschichte von Edgar Allan Poe mit dem Titel *Der kuriose Fall des M. Waldemar*. Eine gruselige Geschichte. Ein kranker Mann wird hypnotisiert, so daß er den Tod schon vorauserlebt. Als er dann wirklich stirbt, kann er unter dem Willen des Hypnotiseurs immer noch weiterleben und sprechen. Sobald die Hypnose sich aber löst oder aufgehoben wird, fällt der Mnan in sich zusammen und schmilzt, und nur eine Wolke üblen Eiters und sonstiger widerlichen Fäulnis bleibt übrig.

In der Verfilmung hat das Vincent Price gespielt, und er hat das mit Basil Rathbone gemacht, der seiner Tochter nachstellte.

Wenn Sie sich das also vorstellen. Oder vergegenwärtigen. Nur multipliziert mit hundert.

Alle schrien.

Jeder einzelne Gremlin, deren Leiber vor Elektrizität vibrierten, begann sich in Krämpfen zu winden und heftig zu zittern.

Und dann begannen sie auseinanderzufallen und sich langsam in ihre Protoplasma-Komponenten zu zersetzen und einfach grün und glitschig einzuschmelzen in den bereits voller Wasser stehenden Boden.

Juuuuuuuuuuuuuuuuuckkkkkkkkkkkkkk!

»Zurück jetzt!« befahl Billy Mr. Futterman und zog ihn mit sich. Er nahm ihm den Schlauch ab.

Kitty umarmte Billy heftig. Sie drückte ihn an sich. »O Schatz. Das erinnert mich so sehr an...«

»Psch!« sagte Billy. »Heb es dir für später auf.«

Er sah weiter zu, wie sich die Gremlins auflösten.

Der letzte, der verschwand, war Mr. Brille. Ganz langsam sank er in die froschgrüne Suppe.

Als alles vorbei und das Zusammensinken und Zerschmelzen der Gremlins zu Ende und lediglich noch Hausmeisterarbeit übrig war, wurde die Eingangstür des *Clamp Building* aufgerissen. Daniel Clamp stürmte herein, hinter ihm drein die ersten Polizisten.

Aber es war nichts mehr zu sehen außer einem glitschigen Brei, der den ganzen Boden der Eingangshalle bedeckte.

Clamp bedeutete den Polizisten zurückzubleiben.

»Alles in Ordnung, Jungs«, sagte er zu ihnen. Er betrachtete die grüne Glitsche, die alles war, was von den Monstern übriggeblieben war, die sein ganzes Lebenswerk bedroht hatten.

»Vielleicht kann man das Zeug als Füllmaterial verwenden?«

Doch da stand schon Grandpa Fred vor ihm, immer noch in seinem Dracula-Kostüm, bei ihm Katsujii, sein unerschrockener Kameramann. Und Fred sprach bereits wieder in sein Mikro. »Wir stehen hier, um exklusiv mit –«

Clamp hob abwehrend beide Hände und gebot den beiden Einhalt. »Einen Augenblick, Fred. Wer hat Ihnen eigentlich gesagt, daß Sie über meinen Sender die ganze Geschichte verbreiten sollen?«

»Ähm . . . niemand, Sir. Es war einfach . . . nun, das war eine Story, und ich . . .«

»Das stimmt allerdings, Fred, Sie kriegen eine Nachrichtensendung. Die Sechsuhrnachrichten, wochentags.«

Fred Finlay war überwältigt. »Sie geben mir wirklich eine Nachrichtensendung?«

»Fahren Sie zu Barney's«, empfahl Clamp, »und besorgen Sie sich endlich mal andere Klamotten. Obwohl, Ihr Kostüm da . . . wissen Sie, mir signalisiert das immer: ›Alte Welt.‹

Überlegen Sie sich was mit Pullovern. Irgendwas ... Onkelhaftes, wissen Sie?«

»Gut«, nickte Fred Finlay.

»Gratuliere«, sagte Katsuji und streckte Fred die Hand hin. Nach einem raschen Händedruck waren die beiden schon wieder weg und verließen das Gebäude. Katsuji hievte sich seine Kamera verkehrt auf die Schulter und holte seinen Lieblingsreporter ins Bild.

Er starrte selbst ins Objektiv; Walter Kronkite redivivus.

Und sagte: »Was kostet heutzutage die Übernahme eines Menschen in Manhattan? Bleiben Sie eingeschaltet, wir gehen der Frage nach ...«

Billy und seine Begleiter rannten vom Zwischengeschoß in die Halle. Das glitschige Zeug auf dem Bogen störte Billy ein wenig, aber ansonsten fühlte er sich toll.

Clamp sah sie kommen und setzte sein bekanntes Daniel-Clamp-Lächeln auf. »Na, Bill, sieht so aus, als hätten Sie uns da rausgehauen.«

»Das war nicht nur ich allein, Sir. Alle haben mitgeholfen. Marla, und –«

Clamp sah Marla an, als sähe er sie zum erstenmal.

»Marla ... Sie arbeiten bei uns, nicht?« Er lächelte, und seine Augen sprühten vor neuerwachter Wertschätzung.

Marla strich sich bescheiden ihr Kleid glatt und schenkte Daniel Clamp ein schmelzendes, verführerisches Lächeln. »Ja, Sir. Und zwar sehr, sehr schwer!«

Als ihre Blicke sich begegneten, schienen die Funken zu sprühen.

Billy schüttelte lächelnd den Kopf.

Der arme Mr. Clamp. Marla hatte ihn bereits am Haken. Und man durfte ja nun hundert zu eins wetten, daß die einzige offene Frage zwischen ihnen, pränuptial gesprochen, die Farbe des Hochzeitskleides war.

Inzwischen drängten Scharen von Leuten durch die Eingänge des *Clamp Building* herein. Vor allem erst einmal Reporter. Sie brachten auch Sheila Futterman mit, die schon halb den Verstand verloren hatte aus Sorge um ihren armen, lieben Mann.

»Murray!« eilte sie ihm heulend entgegen. »Was ist denn nur passiert?«

Und Murray Futterman nahm seine liebe Frau schützend in die Arme mit seiner ganzen wiedergewonnenen männlichen Festigkeit. »Sie haben es wieder versucht, Sheila! Aber diesmal waren wir schlauer!« Er wandte sich an Kate und Billy und grinste von einem Ohr zum anderen. »Wir fahren jetzt heim, Kinder. Also, bis dann.«

»O Murray!« staunte Sheila Futterman. »Bist du tapfer! Du bist wundervoll! Ich kann es gar nicht erwarten, bis wir zu Hause sind!«

»Ich auch nicht, Schätzchen.«

Und sie winkten glücklich und verschwanden.

»Was ist hier passiert?« wollte ein Reporter wissen.

»Oh, es war das komplette Alptraum-Desaster!« antwortete Marla. »Wir mußten jede Arbeit einstellen.« Sie zwinkerte Daniel Clamp zu, und er lächelte bedeutsam zurück.

»Das tut mir alles sehr leid, wegen des Gebäudes, Sir«, sagte Billy Peltzer.

»Mir gar nicht!« erwiderte Clamp, der seine Augen gar nicht mehr von Marla wenden konnte.

»Nicht?« fragte Kate verwundert.

»Erstens«, erklärte Clamp, »sind wir versichert. Zweitens... nun, vielleicht hat es ohnehin kein Menschenmaß gehabt. Das war ein Haus nur für Wesen...« Er sah sich um von einem der kalten Winkel in den anderen, vom rostfreien Stahl des Wintergartens bis zum blitzenden Chrom der Bar und dem Ganzbodenbelag mit Linoleum und Kacheln, auf dem jetzt fingerdick der grüne Schleim lag. »... wenn man ein Haus nur für Wesen baut, dann kommen auch nur... Wesen.«

»Jedenfalls ist es Ihr Verdienst, daß die Stadt unbehelligt geblieben ist.«

»Stimmt. Das ist ein gutes Argument. Das Opfer... wissen Sie, das könnte sich in meinem nächsten Buch vielleicht ganz gut machen. Ich sollte mir wirklich Notizen machen. Haben Sie mal ein Blatt Papier bei sich?«

»Ich sehe nach.«

Billy suchte in seinen Hosentaschen und brachte tatsächlich ein Blatt und einen Bleistift zum Vorschein.

Clamp faltete es auseinander. »Augenblick«, sagte er dann, »was ist das denn?«

Billy fiel jetzt erst wieder ein, was es war. Die Zeichnung, die er eingesteckt hatte. Der Entwurf für die Hauptstraße von Kingston Falls.

»Das ist Kingston Falls«, erklärte Kate.

Clamp strich das Blatt mit dem Handrücken glatt. Dann überzog ein breites Lächeln sein ganzes Gesicht. »Genau so etwas suche ich die ganze Zeit.«

Billy blinzelte. »Wieso, wollen Sie da hinziehen?«

»Bauen will ich es! Mein neues Projekt, drüben in Jersey! Das ist es! Das wollen die Leute heute – traditionelles Gemeinwesen und so. Ruhige kleine Städte. Zurück zu Mutter Erde!« Er deutete auf die Zeichnung: »Ist das Ihre eigene Idee?«

»Das ist unsere Heimatstadt!« sagte Kate.

»Um so besser! Das gefällt mir! Das ist – warten Sie mal –, *Clamp Corners* soll das heißen!« Er schrieb wieder einmal ein unsichtbares Schriftband in den Himmel. »*Wo das Leben wieder geruhsam wird!* Genau! Was halten Sie davon?«

»Ähm – es – äh –«

»Ganz toll!« schwärmte Kate.

»Das ist genau, was die Leute brauchen! Keine redenden Aufzüge! Sondern einfach – Billy, verkaufen Sie mir den Entwurf! Und wir bauen zusammen die größte, sensationellste kleine ruhige Stadt, die Sie jemals gesehen haben!«

»Was Sie sagen wollen«, warf Kate schnell ein, »ist doch, Sie möchten, daß Billy die ganze Stadt entwirft?«

»Wir einigen uns schon. Glaubt mir. Sind Sie übrigens Mrs. Peltzer?« fragte Clamp.

Kate lächelte und lehnte sich an Billys Arm an. »Demnächst, ja.«

Billy drückte sie an sich.

Gizmo war inzwischen, nachdem er die Rambo-Rolle aufzugeben beschlossen hatte, wieder das knuddlige putzige Wollknäuel. Gizmo, der Mogwai. Er glühte vor Sanftheit und Weichheit und pelziger Liebe.

Clamp sah ihn an. Er schien ganz gerührt zu sein.

»Komisch. Ich sehe ihn an, und wissen Sie, was ich sehe?«

»Was?« fragte Kate.

»Puppen mit Saugnäpfen, wie man sie im Auto an die Scheiben macht! Und einen Riesenballon im Umzug von Macy's! Hat Ihnen noch keiner ein Vermarktungsangebot für ihn gemacht?«

Billy schüttelte verwirrt den Kopf. »Mir? Nein.«

»Der hat was, ganz eindeutig. Das Stirnband müßte man vielleicht wegnehmen.«

Doch da war Gizmo plötzlich wieder zurück in seiner Macho-Rolle. Er zwitscherte ein zorniges: »Kannst du dir in die Haare schmieren, Fremder!«

»Er mag sein Stirnband«, erklärte Billy.

»Gott, reden kann man über alles, Billy!«

Gizmo fühlte sich daraufhin wieder imstande, sich zu entspannen und wieder ein bißchen zu kuscheln.

»Aber jetzt entschuldigen Sie mich!« sagte Clamp, zog sich die Krawatte gerade und ging zu den wartenden Reportern, die noch immer auf Auskünfte warteten.

Gizmo brabbelte Billy einiges in undefinierbarer Mogwaisprache vor.

Und Billy sagte daraufhin: »Okay.«

»Was denn, verstehst du ihn?« fragte Kate.

Billy zwinkerte und lachte. Ja, sicher, er verstand den kleinen Burschen. Vielleicht hatte Mister Wing das gemeint...

Vielleicht bedeutete es auch, daß er jetzt erwachsen war.

»Also?« forschte Kate ungeduldig. »Was hat er gesagt?«

»Daß er heim will.«

»Heim wohin?«

Gizmo zwitscherte wieder etwas, und diesmal konnte es wirklich keinen Zweifel daran geben, was er sagen wollte.

Billy lächelte der Liebe seines Lebens, seiner ganz persönlichen, eigenen, süßen Verlobten Kate Berringer zu.

»Zu uns.«

Kates Augen, die ohnehin schon ganz gerührt waren, schmolzen dahin.

Billy zog sie eng an sich. Dann gingen sie nach Hause. Gizmo hatten sie im Schuhkarton bei sich.

Marla gefiel alles sehr.

Erstens, daß Mister Clamp sie derart intensiv zur Kenntnis genommen hatte. Und außerdem, daß sie jetzt selbst mit den Reportern sprechen durfte.

Sie stellte sich in ihrem schicken, wenn auch mitgenommenen Bürokostüm in Positur und zeigte ihre weißen Perlenzähne für die Kameras.

». . .und dann«, berichtete sie, »nahmen einige der Mogwais offensichtlich nach Mitternacht Nahrung zu sich, und sobald dergleichen passiert . . .«

Clamp selbst beschäftigte sich inzwischen auf seine übliche und beherrschte Art mit anderen Reportern.

»Ja, und dann hatte eben mein hervorragender Angestellter Bill Peltzer dieses brillante Konzept –«

Einer seiner Assistenten unterbrach ihn. Er brachte ihm ein Funktelefon.

»Für Sie, Sir. Hier aus dem Haus.«

»Vom Haus?« Er nahm das Telefon. Wer mochte noch im Haus sein? Wer hatte noch überlebt? Wer es auch war, er mußte durch die absolute Hölle gegangen sein!

»Ja?«

Pause. Dann endlich kam eine Stimme, und seine Augenbrauen gingen verblüfft hoch.

»Forster! Was machen . . . schon gut, schon gut, wir holen

Sie da raus. Welche Etage? Was, bis da oben? Nein, nein, ein Weilchen wird es wohl dauern, kein Aufzug funktioniert mehr, und die Halle ist... Nein, ich weiß nicht, nicht zu lange... Ja, Forster, wir tun, was wir können. Und bleiben Sie tapfer, ja?«

Er lächelte die Reporter an. »Tja, meine Herren, sieht so aus, als hätten wir noch einen Angestellten, der ein wenig in der Klemme sitzt...«

Frank Forster erlebte sein Waterloo.

Es war ihm zwar gelungen, bis ganz oben auf die Spitze des Gebäudes in einen Konferenzraum zu flüchten. Doch auch dorthin war sie ihm gefolgt.

Die Gremlinin im hautengen Kleid.

»Meine Güte, warum denn so schüchtern«, sagte sie, als sie ihn nun endlich in der Ecke hatte. »Mußt keine Angst haben vor deinen Gefühlen!«

Da war er schon mit dem Rücken an der Wand. Ganz und gar. Und sie kam auf ihn zu.

»Nein«, wimmerte er, »bitte!«

»Ich brauche dich, Frank. Ist das so falsch?«

Sie schlängelte sich an ihn, und ihre Hüften drängten unter ihrem engen pailettierten Kleid. Ihre Brüste wogten ihm wie Angebote entgegen. Ihre Lippen spitzten sich verlangend. Sie war hungrig nach ihm, basta.

»Komm zu mir, mein Schatz. Meinst du, ich habe keine Bedürfnisse? Intimität. Wir reden kein Wort... Warum kannst du dich nicht einfach nur gehenlassen, hingeben?«

Daniel Clamp legte diskret lächelnd auf.

Jetzt war er ganz allein.

Und sie kam...

Frank Forster blickte auf die Gremlindame mit dem Kleid und den Brüsten und dem langen Purpurhaar.

Er schloß achselzuckend die Augen und sank in Ergebung zu Boden.

»Aber bitte sei zart!« flehte er.